DER PRINZ

Mario Cruz

Der Prinz

Roman

Aus dem chilenischen Spanisch
von JJ Schlegel

Mit einem Nachwort
von Florian Borchmeyer

Die Originalausgabe erschien 1972 in den
Ediciones Ventana al Mar unter dem Titel *El Principe*.
© Mario Cruz 1972

1. Auflage
© 2020 Albino Verlag
Salzgeber Buchverlage GmbH
Prinzessinnenstraße 29, 10969 Berlin
info@albino-verlag.de

Aus dem chilenischen Spanisch von JJ Schlegel.
Übersetzer und Verlag danken
Luis del Río Donoso für wertvolle Hinweise.
Nachwort: Florian Borchmeyer
Umschlaggestaltung: Johann Peter Werth unter Verwendung
eines Motivs aus dem Film *Der Prinz* von Sebastián Muñoz
Satz: Robert Schulze
Printed in Germany

ISBN 978-3-86300-294-7

Mehr über unsere Bücher und Autoren:
www.albino-verlag.de

INHALT

···

Wenn ich jetzt im Knast landete, dann aus reiner Blödheit. Aber was hätte es gebracht abzuhauen? Alle hatten mitbekommen, wie ich dem Zigeuner* den Stich versetzt hatte. Ich bin am Arsch, dachte ich noch, während die Blutlache immer größer wurde.

Die Leute in der Kneipe waren zur Tür gerannt und hatten von dort aus zugesehen. Sie tuschelten und rempelten sich gegenseitig an. Von hinten hörte man das Feixen der Witzbolde, die nie fehlen.

Der Zigeuner lag da und starrte zur Decke. Ich wollte ihm die Augen schließen. Hab mich nicht getraut. Ich nahm einen Stuhl; griff mir eine Flasche Bier. Ich hatte das Verlangen, etwas Starkes zu trinken. Die komplette Bar stand zu meiner Verfügung: Pisco, Rum, Branntwein, Anisschnaps. Aber dass die Leute mich anglotzten, verunsicherte mich. Ich empfand weder Schmerz noch Reue. Das war seltsam, weil ich den Zigeuner doch bewunderte, ja sogar liebte. Ich beschloss zu warten. Und setzte mich. Die Jukebox spielte weiter.

* Das Sternchen verweist auf Erläuterungen im Glossar
  am Ende des Buches.

7

Die Bullen glaubten mir nicht, als ich dem Suff die Schuld gab. Sie vermuteten, dass ich ihnen die wahre Geschichte verheimlichte. Und vermöbelten mich gründlich. Dann warfen sie mich in eine Zelle, in der schon ein anderer saß. Ein Einbrecher. Wir redeten kaum. Jeder war mit seinem eigenen Problem beschäftigt. Es stank widerlich nach Pisse. Vom Gang drang etwas Licht von einer schmutzigen Birne in die Zelle. Die Bullen am Eingang verfolgten ein Fußballspiel im Radio. Sie schlossen mit lautem Geschrei Wetten ab.

Der Einbrecher war klein und hatte drahtiges, fast pechschwarzes Haar. Er saß auf dem feuchten Boden, mit ausgestreckten Beinen, an die Wand gelehnt. Trug ein gelbes T-Shirt und eine hellblaue Hose – fast so eine, wie ich sie vor zwei Jahren gehabt hatte.

Mit welchem Genuss hatte ich damals die alte ausgezogen. Sie war zu weit gewesen, am Hintern geflickt und schon so oft gebügelt, dass sie glänzte. Ich schlüpfte in die neue und lief ins Zimmer meines Vaters, um mich im großen Spiegel des Kleiderschranks zu begutachten. Die neue Hose war ganz leicht. Es war angenehm, ihren geschmeidigen, kühlen Stoff auf der Haut zu spüren. Sie saß schön eng. Hinten zeichnete sich die Unterhose ab, vorne beulte sie sich kräftig aus. Mann, war ich stolz!

Ich hab keinen hässlichen Körper. Hübsch bin ich natürlich auch nicht. Aber schlank. Und muskulös. Ich würde gern behaarter sein. Aber im Großen und Ganzen bin ich ganz zufrieden mit mir. Man sagt, dass ich mich lässig bewege.

Ich hab es schon immer gemocht, mit halboffenem Hemd herumzulaufen, sodass man meine Brust sieht. Zugeknöpfte Typen mag ich nicht.

An diesem Abend brachte mich der Gedanke an die Witze, die die Jungs über mein neues Outfit reißen würden, schon im Voraus zum Lachen. Es war klar, dass sie mich aufziehen würden. Mit Pfiffen, blöden Sprüchen und Sticheleien, die mir zu verstehen gaben, dass ich super aussah. Meine Leute erkannten erst jetzt, dass ich einen Körper besaß … mehr oder weniger. In meiner alten abgerissenen Kleidung hatte ich überall hingehen können, ohne dass mich jemand bemerkte. Es stand also außer Frage, dass die Jungs mir die neue Hose niemals kommentarlos durchgehen lassen würden, aber das war mir recht; ich wollte, dass sie mich im Gedächtnis behielten wie den Zigeuner. Wenn der auf seinem brandneuen chromblitzenden Motorrad aufkreuzte und mehr Lärm machte als der Teufel, guckten alle. Auch er trug sein Hemd immer offen, und der Wind fuhr hinein und ließ es flattern. Er hatte fast blonde Haare auf der Brust und ein goldenes Medaillon. Und eine elegante Art, vom Motorrad abzusteigen, sich zu strecken, zu lächeln und mit seinen bernsteingrünen Augen zu blinzeln. Er genoss es, sich an die Wand oder einen Baum zu lehnen, und das tat er so, dass der Stoff seiner Hose sich straffte. So konnte jeder seine kräftigen Beine sehen. Und das Paket dazwischen, das den Stoff fast zum Platzen brachte.

Wenn wir anhielten, um am Rande des Platzes miteinander zu reden, beobachteten ihn die Frauen aus der Ferne. Und wenn sie an ihm vorbeigingen, senkten sie die Blicke und kicherten albern und nervös.

Ich verbrachte die Nacht auf dem feuchten Zement. Immer noch besser als auf einer verlausten und verwanzten Strohmatratze. Ich war halbtot vor Kälte. Von Fußtritten geschunden. Ich hasste die brutalen Bullen. Ich krümmte mich auf dem

Boden zusammen und flehte sie an, mich um Himmels willen nicht so heftig zu schlagen, wenigstens nicht auf den Kopf. Aber sie beschimpften mich nur, Hurensohn und so, um dann plötzlich wieder ganz sanft zu werden. Schließlich nahm der Chef die Sache in die Hand, ein Dicker mit Schnurrbart und Säufernase. Er trug Weste und schlug zu, ohne den Hut abzunehmen. Er sah aus wie ein Orientale.

«Sieh mal, Kleiner, wir sind gut informiert. Wir wissen alles, aber wir wollen es aus deinem Mund hören, dadurch wird es einfacher. Keiner hier ist scharf drauf, dich zur Sau zu machen. Erspar dir einfach die Unannehmlichkeiten. Hinterher streichen wir ein bisschen was aus dem Protokoll. Ehrenwort … Sonst verplempern wir hier doch alle unsere Zeit!»

«Aber warum glauben Sie mir denn nicht? Ich hab ihn tatsächlich nur deshalb umgebracht, weil ich so besoffen war, ich schwör's bei Gott, das war ein Wutanfall!»

«Soso, dann bist du also ein ganz Harter!»

Und dann hagelte es Fußtritte und Faustschläge. Das hörte gar nicht mehr auf. Sie brachten mich in die Zelle und holten mich wieder raus. Einmal sagten sie, dass sie mich an den Strom anschließen würden. Ich musste mich nackt ausziehen, zitterte vor Angst.

«Jetzt wirst du singen, Unglücksvogel.»

Doch ich kam drum herum. Der Chef wurde wegen irgendwas nach oben gerufen und die anderen ließen mich in Ruhe. Ich hab dann so steinerweichend geheult, dass ein jüngerer Bulle mich eine Weile ansah.

«Zieh dich besser wieder an.»

Und dann brachte er mich in die Zelle zurück. Am folgenden Tag übergaben sie mich dem Anwalt.

Sie packten mich in die Abteilung von Gang sechs. Ich kam da völlig ausgehungert an, unrasiert und mit verdrecktem Hemd. In meiner Zelle saßen schon vier andere. Keiner muckte auf. Sie waren junge Leute wie ich. «Leg dich ein Weilchen hin!», sagte einer zu mir. Sonst nichts. Ich dankte ihm. Es musste so gegen zehn Uhr vormittags sein, ein klein wenig Sonne kam herein. Es war Dezember und wurde gerade warm.

Keiner fragte, was mich hergebracht hatte. Sie wollten nur meinen Namen wissen und ob ich aus Santiago kam. Man bot mir Tee an. Ich sagte, wie nett. Dann zündeten sie den kleinen Paraffinkocher in einer Ecke an, und während das Wasser kochte, schmierte mir jemand ein riesiges Käse-Sandwich. «Mach dir keinen Kopf, so schlecht ist es hier gar nicht!», sagte einer mit nacktem Oberkörper zu mir. Er hatte mehrere Stichnarben am Bauch und an den Armen. Er war ein Weißer mit Locken. So um die dreißig. Ich fand, er sah aus wie der Boss. Und damit täuschte ich mich nicht.

Er war eher hager. Wenn er lächelte, dann mit einem halb traurigen, halb überlegenen Ausdruck. Man nannte ihn El Potro, den jungen Hengst. «Zieh dein Hemd aus!», sagte er plötzlich. Ich wusste nicht, was ich davon halten sollte, aber ich tat es. «Geh es waschen!», sagte er zu einem anderen Typen. Und der gehorchte auf der Stelle. El Potro schaute mich die ganze Zeit an. Das Gesicht, die Brust, den Bauch, die Arme – er musterte mich von oben bis unten. Um meine Verlegenheit zu überspielen, sah ich mich in der Zelle um. In der Mitte hing ein leerer Kanister als Lampenschirm von der Decke. Aber es gab keinen Strom. An der Wand ein paar ausgeschnittene Fotos alter Fuß-ball-Legenden. Pedro Araya* und Juanito Soto* waren dabei, zur Zeit ihrer großen Triumphe, und die ganze alte Mannschaft des

Colo-Colo*. Auch die Sportunion und einige junge Boxer. An einer anderen Wand die Madonna del Carmen* in Farbe, mit einem Soldaten und einem Matrosen, die vor ihr knieten. In einer Ecke ein Zopf Knoblauch und jede Menge Zwiebeln, die in Dreier- oder Viererbünden von einer Schnur baumelten, die durch den gesamten Raum gespannt war. Zwei Betten. Doppelstöckig. Wie Kojen auf einem Schiff. Mit alten Decken und hübschen bunten Tüchern. Die Laken waren schön weiß. Auf der Küchenseite ein paar Dosen, zwei Bananen, Zitronen und ein halbes Kilo Kartoffeln. Als Sitzgelegenheit eine Kiste und zwei aus Holzresten gezimmerte Höckerchen. Hinter der Tür ein kleiner Spiegel.

«Du hast Glück», sagte El Potro. «Wir sind hier sauber, haben zu essen und keiner ärgert dich. Klar, wer nicht weiß, was Respekt ist, verzieht sich besser schnell woanders hin.» Er zückte eine Schachtel und bot mir eine Zigarette an. «Nein, danke», antwortete ich kurz angebunden. «Etwa Nichtraucher?», fragte er beharrlich. Dann schwiegen wir eine Zeit lang. El Potro musterte mich immer noch, während einer der Jungs wiederum ihn nicht aus den Augen ließ. «Bist du sehr müde?» Ich verneinte. «Lass uns einen Spaziergang machen», schlug er vor. Ich folgte ihm. Wir gingen den Gang entlang, von einem Ende zum anderen. «Hola, El Potro», grüßten die anderen Insassen. Man sah ihnen an, dass sie ihn mochten und respektierten. Später erfuhr ich, dass er kein schlechter Kerl war; wenn er aber mit jemandem in Streit geriet und wütend wurde, was nur selten passierte, endete derjenige entweder im Krankenhaus oder auf der Leichenbahre.

Er ging gern schnell. War nervös, auch wenn man es ihm beim Reden nicht anmerkte. Wir gingen unter Leinen hindurch, die am Geländer des zweiten Stocks befestigt waren, und an denen frische Wäsche zum Trocknen hing: Socken, Hemden, Unterhosen, sogar ein riesiges Laken. Manche Typen drehten wie wir ihre Runden. Andere standen beieinander und unterhielten sich; wieder andere lasen oder kümmerten sich ums Abendessen.

Ganz hinten mittig war das Klo. Wer es benutzte, musste sich vor aller Augen draufsetzen. Seitlich befanden sich schimmelige Duschen, aus denen nicht mehr als ein dünnes Wasserrinnsal tröpfelte. Ein stämmiger Kerl erschien, zog sich aus und begann, sich einzuseifen. Er war so behaart, dass sich sofort jede Menge Schaum bildete.

El Potro war nett und nach dem zu urteilen, was er erzählte, ziemlich gutmütig. Er wartete auf eine Verurteilung wegen einer schlimmen Sache. Hatte zwei Männer schwer verletzt, einem davon einen bösen Schnitt verpasst. Die waren ein bisschen zu überheblich gewesen. Er wollte in den Vollzug verlegt werden; dort war vieles besser. Gebürtig war er aus Curicó´, kannte aber fast das ganze Land. Er erzählte mir, dass ihn die Polizisten fast totgeschlagen hätten, um ihn zu zwingen, einen seiner Kumpels zu verraten. Sie schlugen ihn sogar mit Ketten. Ihm lief das Blut aus Mund und Nase, und seine Eier waren ganz geschwollen von den vielen Fußtritten. Aber er hatte nichts verraten. Deshalb betrachteten ihn alle als ihren Boss. Weil er gerade und aufrecht war. In Santiago hatte er nur einen Bruder, der aber nicht einen Besuchstag versäumte.

«Und wie haben die Bullen dich behandelt?», fragte er. Und ich erzählte ihm, dass sie mir sogar Stromschläge verpasst hatten. Und zwar mehrmals. Er wollte wissen, warum. Ich gab dann ein bisschen an. Hab's ihm erzählt, aber leicht ausgeschmückt. Ich fasste Vertrauen zu ihm, wurde richtig übermütig. Das Schlimmste lag schließlich hinter mir. Ich hatte jetzt einen Freund. Ich schaute ihn mir genauer an. Er war weder hässlich noch hübsch. Mir gefiel, dass er weiß war. Und das Wichtigste: seine entschiedene Art, sein Verhalten. Ich fühlte mich sicher bei ihm.

«Komm, wir besuchen die Wimper», sagte er, und wir gingen zu den Zellen im zweiten Stock. Wimper war etwa so alt wie er und ziemlich galant. Hatte ein riesiges Transistorradio. Trug Manschettenknöpfe und Krawatte. Ein Blick genügte, um zu kapieren, dass er seinen Spitznamen nicht bekommen hatte, weil er eine Schlafmütze war: Seine Wimpern waren tatsächlich lang und dicht; so hübsch, dass sie unweigerlich Aufmerksamkeit auf sich zogen. Er hatte einen jungen Burschen, der ihn bediente. Bot uns was zu trinken an, und der Kleine kredenzte uns eiskalte Cola, die in einem Eimer mit Wasser gebunkert wurde.

Sie redeten über das, was auf dem Gang so alles vorfiel. Ich spitzte die Ohren. Erst verstand ich nicht richtig, worum es ging. Schlägereien, Eifersüchteleien, Diebereien. Nach und nach begriff ich dann mehr.

Später fand ich heraus, dass zwischen El Potro und Wimper etwas vorgefallen war. Als sie selbst noch Jungen waren. Im Erziehungsheim in der Calle Lira. Dort schliefen sie zusammen. Bis Wimper in den Jugendknast verlegt wurde. Danach nahm El Potro eine Rasierklinge und schlitzte sich den Bauch auf. Aus Kummer. Hinterher hatte er einen, der die Geschichte weitererzählte, fast kaltgemacht. El Potro wurde bestraft und war fortan eine Respektsperson.

Am Nachmittag wurde es richtig heiß. «Gehen wir duschen», sagte El Potro zu mir. Ich wollte nicht. «Sei nicht so zimperlich. Du musst dich waschen, damit du nicht das Bettzeug verdreckst.» Und so gingen wir. El Potro zog die Schuhe aus, die Socken, die Hose und die Unterhose. Ich musste das Gleiche tun. Und dann seifte er mich ein. Unvermittelt trat er zur Seite und schubste mich unter das Wasserrinnsal. Dann machte er mit meinem Rücken weiter.

Als wir zurückkamen, zog der Typ, der El Potro zuvor nicht aus den Augen gelassen hatte, ein langes Gesicht. Die Bullen kamen, um uns einzuschließen. Wir aßen Tomatensalat mit Zwiebeln. Hatten Tee mit viel Brot und einem Stück Käse, und rauchten eine Zigarette. Danach unterhielten wir uns ausgiebig. Wir lachten über jeden Mist. Bis es dunkel wurde und sie eine Kerze anzündeten. Von überall her hörte man leises Flüstern. Es kam uns vor wie ein Trauergesang. Mein Blick schweifte zu der Kerze und den tanzenden Schatten. El Potro erinnerte sich an einen Film und wurde sentimental. Der Typ, mit dem er am engsten befreundet war, rückte näher an ihn heran, aber El Potro beachtete ihn nicht. Und dann fingen sie an, über Mode zu reden. Alle standen auf langes Haar. Und darauf, Kohle zu haben und die besten Klamotten zu tragen, die so eng wie möglich saßen. Nach einer Weile gab auch ich meinen Senf dazu. Und dann redeten wir über Sänger. Über Gardel˙, Sandro˙, Raphael˙, Adamo˙, aber vor allem über Leonardo Favio˙. Darüber, dass der ja auch wie wir im Knast gewesen war. Und dass er seinen Freund nie verraten hatte. Das kam in mehreren Liedern vor. Der Freund hieß Carlos. Dann fingen wir mit den Tangos an. Und einer fing ganz leise an zu singen.

«Wir legen uns jetzt besser hin!», sagte El Potro. Alle stimmten zu. «Du pennst bei mir!» Damit meinte er mich. Der andere Typ, der so was schon hatte kommen sehen, protestierte: «Und ich?» – «Hau dich auf den Boden. Hier hast du eine Decke. Die Jungs oben sollen dir noch eine geben.» Der Kleine wurde puterrot vor Wut, wagte aber nicht zu widersprechen.

«Dreh dich zur Wand», sagte El Potro zu mir. Sein Bett war das untere. Die Kerze wurde gelöscht, und es war nun sehr dunkel. Aber sie redeten weiter. Über irgendeinen Western. Und während sie redeten, fing El Potro an, meine Beine zu reiben. Die waren sehr behaart. Innerlich schwankte ich zwischen Ruhe und Angst. Vor allem aber schämte ich mich. Wegen des Spotts, der kommen würde. Ich war wirklich zu bedauern. Morgen würden es alle wissen.

El Potro drängte mich, mich näher an ihn zu schmiegen. Mir blieb nichts anderes übrig als zu gehorchen. Dann schob er seine Hand in meine Unterhose und fing an, mich hinten zu massieren. Ich hätte mich gerne fallen lassen, aber, weil ich daran denken musste, wie ich bluten würde, gelang es mir nicht. El Potro streichelte, presste und rieb an mir herum, bis er plötzlich meine Hand an sein Ding führte. In meinem Schreck erschien es mir riesig. Er säuselte mir ins Ohr, ich solle keine Angst haben. Ich spürte seinen Atem, seinen Mund, der mich biss, den Bart, der mich kitzelte – und ließ es geschehen.

Die Jungs im anderen Bett machten offenbar dasselbe. Und was den Pechvogel auf dem Boden anging: Der hörte uns garantiert verbittert zu und wäre am liebsten gestorben.

Als El Potro schlief, überkam mich der Ekel, und ich grübelte vor mich hin. Bis ich irgendwann, ich weiß nicht wie, selbst einschlief. Vier, fünf Stunden später wachte ich auf.

El Potro schnarchte. Und ich ekelte mich nicht mehr. Im Gegenteil. Fast sehnte ich mich nach einer Umarmung. Aber nicht aus Geilheit. Mir war klar geworden, dass ich es sicher und ruhig haben würde, solange ich mit ihm zusammen war. Niemand würde es wagen, mich zu beleidigen. Man würde mich respektieren. Weil mich das sehr froh machte, und vielleicht auch, um meine Nerven zu beruhigen, begann ich leise zu weinen.

Am nächsten Morgen weckte mich ein vielstimmiges Raunen. Erst dachte ich, es wäre etwas passiert. Aber es waren nur die Typen, die in ihren Zellen auf den Aufschluss warteten. Der Verschmähte auf dem Boden sah aus, als ob er die ganze Nacht kein Auge zugetan hätte. Allmählich wachte auch El Potro auf. «Hola», sagte er mit einer gewissen Zuneigung zu mir. Da konnte sich der Typ nicht länger zurückhalten. «Jetzt grüßt man also nur noch den Prinzen.» – «Und was geht dich das an, du Unglückswurm?», antwortete El Potro und stand auf, nackt wie er war. Ich dachte, er würde dem anderen eine verpassen, doch er griff nur nach der Bettdecke, zog sie zurück, packte mich am Arm, drehte mich auf den Bauch und sagte spöttisch zu ihm: «Klar ist der ein Prinz! Siehst du das denn nicht?» Damit gab er mir einen Klaps auf den Hintern: «Zieh dich an, mein Junge!», und lachte lauthals los.

Auf einem Hocker stand ein Becken mit Wasser. «Zuerst der Prinz», sagte El Potro, um den Typen noch mehr zu ärgern. Die anderen lachten. Ich wusch mir Gesicht und Haare. Weil es in der Zelle relativ dunkel war, fand ich mein Spiegelbild sehr schmeichelhaft. El Potro, der meine Gedanken erahnte, rief mir zu: «Ja, doch, du bist ein Hübscher.» Man hörte, wie Türen geöffnet wurden. Der Aufschluss begann. «Alle raus,

Kinder!», brüllte ein Wärter. Wir stellten uns in einer Reihe auf. «Abzählen!» Und wir legten los: «Eins, zwei …» Das musste sehr ernsthaft vor sich gehen, mit so lauter Stimme, dass es deutlich zu hören war. Wer zu leise sprach, bekam die Faust zu spüren. Danach verteilten sie heißes Wasser in Kanistern. Da sie aber wussten, dass El Potro einen Kocher hatte, boten sie ihm keines an. «Gut, mach das Frühstück fertig», sagte El Potro zu dem, der ein langes Gesicht machte. «Ist das jetzt nicht sein Job?», antwortete der. «Schon, aber er ist der Prinz, und du musst ihn bedienen.» Der andere sagte kein Wort mehr und setzte das Wasser auf. Dann schmierte er eine Reihe von Käse-Sandwichs und bediente einen nach dem anderen. Als er mir die Tasse reichte, schaute er in die andere Richtung. «Auch noch die kalte Schulter zeigen?», sagte El Potro und ließ sich Tee nachschenken. Der arme Tropf verzog sich in eine Ecke. «Und du, kein Frühstück?» Keine Regung, keine Antwort. El Potro wurde wütend.

«Antworte, verdammt noch mal.» Aber nichts. Da stellte El Potro seine Tasse ab, sprang auf, packte den Schmollenden am Kragen und zog ihn hoch. «Hab ich nicht mit dir geredet?» Der Typ begann zu flennen. El Potro versetzte ihm einen Faustschlag, der ihn gegen die Wand taumeln ließ. Der Typ ging auf die Knie und umschlang die Beine seines Peinigers: «Schlag mich doch nicht, mein schöner Robertito.» Jetzt wusste ich El Potros richtigen Namen. Nach einer Salve Fußtritte schleifte er den Typen zur Tür. «Und jetzt hau ab. Kannst dir heute Nachmittag, wenn ich nicht da bin, deine Sachen abholen.» Der andere rannte weg. El Potro packte seine Tasse, trank den restlichen Tee in einem Zug aus, zog die Schachtel raus, bot uns Fluppen an. Wir rauchten, und das war's.

Nach etwa einer Woche hatte ich mich völlig daran gewöhnt, mit El Potro zu schlafen. Aber es gab mir zu denken, bereitete mir, wie man so sagt, «Kopfzerbrechen». Nach dem Einschluss, wenn wir zur Ruhe kamen, El Potro und ich, begannen meine Gedanken zu schweifen. An anderen Abenden erzählte ich ihm mein Leben.

Ich bin aus San Bernardo. Ein Dorf, in dem so wenig passiert, dass die Nachbarn am Nachmittag ihre Stühle rausstellen, um auf dem Bürgersteig zu plaudern, die Passanten zu beobachten und dem Geschrei der Vögel zu lauschen. Hin und wieder kommen Züge vorbei, auch Lastwagen und Busse in Richtung Süden. Aber die Jungs interessiert es nicht, auf Reisen zu gehen oder auch nur ein bisschen auszubrechen. Und das, obwohl Santiago ganz nah ist. Doch man meint, es wäre achtzig, neunzig Kilometer entfernt. Die Häuser sind riesig, manche aus Lehmziegeln, mit sehr hohen Wandelgängen, deren Putz fast überall vom Regen abgewaschen wurde, die Farben von der Sonne gebleicht. San Bernardo ist nicht arm, auch nicht bedrückend. Nachts spazierte ich gerne pfeifend durch Straßen, die finster waren, weil die Bäume die Laternen verdeckten. In den Gärten mit ihren Blumen, die sich ganz von allein vermehrten, fehlte weder der steinerne Löwe mit abgesprungener Nase noch der halb verbeulte eiserne Schwan.

Als Kind ging ich gerne zum Friedhof der Lokomotiven. Sie standen am Eingang der Maestranza, unserer großen, im ganzen Land bekannten Werkshalle beim Bahnhof: verrostet, weitgehend demontiert, in allen Größen und bis hin zu den ältesten Modellen. Eingehend sah ich mir die riesigen Räder an, die Glocken und Schornsteine, und hinterher stieg ich ins Führerhaus und stellte mir vor, ich würde einen sehr langen Zug mit vielen Waggons lenken, und bis in eine weit entfernte Stadt fahren. Als ich älter wurde, interessierte ich mich für Fußball.

Entlang der Panamericana*, wo heute Wellblechsiedlungen stehen, gab es damals nur Pferdekoppeln, auf denen man herumrennen konnte, losschreien, Spinnen, Schmetterlinge, Schlangen oder Eidechsen jagen. Dort traf ich mich immer mit ein paar Kindern und wir bolzten rum. Ich allein gegen fünf oder sechs. Klar, die waren viel jünger, aber es war trotzdem lustig. Ich musste beim Spiel alles geben. Wie so ein verzweifelter Wilder. Man endete schnaubend, schwitzend wie ein Pferd, und die Kleider klebten einem am Leib. Dann rannten die Kinder los, um in einem nahegelegenen Kanal zu baden. Sie zogen sich hastig aus und fingen an, fürchterlich zu kreischen. Ich streckte mich auf einem Sandstreifen am Ufer aus, ganz nah am Wasser. Mit ihren Kopfsprüngen spritzten die anderen mir Wasser ins Gesicht und auf die Kleidung. Ich hätte gerne mitgemacht, aber traute mich nicht. Ich war schon siebzehn, während die Kleinen noch kurze Zipfelchen und kein Schamhaar hatten. Das Problem hätte sich mit einer Badehose lösen lassen, aber woher die nehmen? Stattdessen trug ich altmodische Herrenunterwäsche. Weil mein Vater keine Slips mochte. Richtiges Rentnerzeugs! Denn geizig war er auch noch. Ich gab mir nicht die Blöße, mich in diesen Dingern zu präsentieren. Es hätte nur dazu geführt, dass ich mich lächerlich gemacht und riskiert hätte, dass bei jeder kleinsten Bewegung der Schlitz aufging und alles herzeigte.

Eine Zeit lang machte ich mir nur ein bisschen die Füße nass. Bis ich eines Abends nach der Kickerei erschöpfter war als je zuvor. Diesmal hielt ich es nicht mehr aus und fing an: «Verdammt, ein Bad könnte jetzt nicht schaden.» Die Kinder spornten mich dermaßen an, dass ich mir einen Ruck gab.

Da hörten das Herumgeplantsche und das Gelächter auf. In Nullkommanichts hatte ich mich ausgezogen. Sie schauten verlegen zu mir rüber. Er hing schlaff zwischen meinen Beinen. Aber im Vergleich zu denen der anderen war er riesig, sehr dunkel und von vielen Haaren umgeben. Sollten sie doch glotzen! Irgendwann bekamen die auch mal so einen, also sprang ich ins Wasser.

Ich war nie in einem Schwimmbad gewesen. Der Ort, der meiner Vorstellung davon am nächsten kam, war die äußerste Ecke des Grundstücks hinter meinem Haus. Dort hatte ich mir aus einem Schlauch und einer durchlöcherten Pfirsichdose eine Dusche gebastelt.

Aber der Kanal war viel besser. Ich schrie lauthals. Stieg aus dem Wasser. Hüpfte wieder rein. Wieder und wieder. Ich konnte nicht still bleiben. Sang. Irgendwelche Schlager. Ich machte den *Klageruf der Mexikanerinnen*, und wenn ich im Text nicht weiterwusste, erfand ich was. Die Kleinen gaben den Chor. Sie bogen sich vor Lachen. Dass ich nackt war, interessierte keinen mehr.

Aber irgendwann machten unsere Stimmbänder schlapp. Ich wollte eine rauchen, ging zu meinen Klamotten und holte die Schachtel aus der hinteren Tasche meiner Hose. Dann legte ich mich auf den Rücken, um den Himmel und die Wolken zu betrachten und mich von der Sonne trocknen zu lassen. Die Kleinen legten sich daneben, bis sie mich völlig umringt hatten. Sie sahen mich an. Ich versuchte so zu tun, als würde ich an was anderes denken, wusste aber, dass die Jungs mich so anstarrten, weil sie nur über das eine reden wollten. Der Rauch der Zigarette schmeckte mir besser als sonst. Ich schloss die Augen. Und es war, als würde ich mich selbst betrachten, nackt inmitten der Jungenschar. Ich fühlte mich wichtig. Und begann mich sehr langsam zu räkeln und vor Vergnügen zu seufzen. Dann sagte der älteste der Jungen zu mir: «Krieg ich eine Zigarette?» Ich gab ihm zwei. Damit sie sie rumreichen und gemeinsam rauchen konnten. Nach einer Weile machten sie sich einen Spaß daraus, Rauchkringel in die Luft zu pusten, aber sie dachten immer noch an das eine. Bis sich schließlich einer von ihnen dazu durchrang, mich zu fragen.

Und ich erzählte. Zunächst mit gedämpfter Stimme, stockend, ein bisschen verschämt, aber ich wurde mutiger. Kam in Fahrt. Schließlich redete ich so hastig, als würde mir die Zeit fehlen, um alle Details zu erwähnen. Und weil ich nun schon mal dabei war, erzählte ich alles, was ich wusste, und erfand das wildeste Zeug, und als ich bei den Titten angekommen war, verspürte ich einfach nur noch den drängenden Wunsch, es zu tun. Ich wollte aufhören. Aber ich war schon so aufgegeilt, dass ich gerade noch sagen konnte: «Guckt mal …», und schon kam es mir.

Damit waren die Kleinen aufgeklärt. Wir zogen uns wieder an. Auf dem Heimweg sagte ich zu ihnen: «Ihr erzählt aber niemandem, was ihr vorhin gesehen habt!» Sie mussten mir ihr Ehrenwort geben, und wir gingen weiter. «Bei mir dauert es noch ein Jahr, dann kann ich das Gleiche machen», sagte der Älteste. «Vielleicht auch weniger.» – «Denkt an was anderes», entgegnete ich. – «Können wir aber nicht», antworteten sie.

Von diesem Tag an badete ich fast täglich im Kanal. Doch die Kinder waren nicht mehr dieselben. Sie hatten ihre Scham verloren. Zwischen Kichern und verbalen Ferkeleien langten sie sich gegenseitig an ihre Dinger. Nach meinem griffen sie nie. Aber sie baten mich, es noch einmal zu machen. Da wurde ich sehr ernst. «Jetzt aber Schluss damit!», sagte ich. Trotzdem fingen sie immer wieder an. Ich versetzte ihnen Klapse auf den Hintern und Fußtritte. Die anderen machten Witze, bis irgendwann wieder Ruhe einkehrte.

Aber manchmal erwischten sie mich auf dem falschen Fuß. Ein paar waren sehr gewitzt und löcherten mich regelrecht mit Fragen. Ich versuchte immer schnell zu antworten. Um nicht erneut einen Ständer zu riskieren. Wenn ich näher auf das Thema einging, war ich verloren. Was soll's, dann entschuldigte ich mich. Und machte es. Um es hinterher zu bereuen. Ich fühlte mich wie einer dieser Perversen, über die die Zeitungen berichteten.

Bis ich, ohne es geplant zu haben, einen Ausweg fand. Man musste nur, Nacktheit hin oder her, ein neues Spiel beginnen. Wenn sie wieder mit den Fragen anfingen, trat ich gegen den Ball und schon vergaßen die Kleinen alles um sich herum.

Eines Abends wehte ein starker Wind den Ball gegen einen Maschendrahtzaun. Dahinter lag ein halb verwildertes Grundstück. Man sah dort nie Leute. Die Obstbäume waren bereits abgeerntet. Nur in einem besonders hohen Baum hingen in den obersten Zweigen noch große reife Pflaumen. Wir zögerten. Hunde waren keine zu sehen. Also gingen wir das Risiko ein und fingen an zu klettern. Der leichteste Junge stieg so hoch, dass die Äste gerade noch stark genug waren, um ihn zu tragen. Dann machte er sich an die Arbeit. Er schmiss die Pflaumen runter, und wir bissen gierig hinein. Der Saft floss uns vom

Mund bis zum Hals, tropfte uns auf die Brust und rann weiter bis in den Bauchnabel.

Plötzlich stieß der Junge ganz oben einen Schrei aus, sprang vom Baum und rannte, ohne sich auch nur einmal über seine harte Landung zu beklagen, mit den anderen weg. Ich, der weniger schreckhaft war, blieb im Baum. Ich schaute mich nach allen Seiten um und konnte keine Anzeichen von Gefahr entdecken. Erleichtert seufzte ich auf. Doch während ich auf die Rückkehr der Feiglinge wartete, hörte ich hinter mir eine Frauenstimme. «Kommen Sie da runter», sagte sie. Das war kein Befehl. Eher schien es eine Bitte zu sein. Ich erschrak und hielt mir hastig die Hände vor mein bestes Stück. Aber ich nahm sie gleich wieder weg, weil ich an ein Gemälde denken musste, auf dem eine nackte Frau ängstlich durch einen Wald ging, die eine Hand vor der Scham und die andere vor den Brüsten. Außerdem fand ich die Stimme irgendwie seltsam. Ich rührte mich nicht. Die Frau wartete. Bis ich mich entschloss, ihr den Kopf zuzuwenden, um sie anzusehen. Und ich sah sie. Auf einer Decke sitzend an ein Kissen gelehnt. Sie musste etwa vierzig sein. War mager und hatte Augen wie ein Kind, das sich den Magen verdorben hat. Sie lächelte mir zu. War allein. Wir sahen einander an. Ich etwas verschämt. Sie glotzte mir direkt auf den Schwanz. Ich wurde wütend und sprang vom Baum, um was weiß ich was anzustellen. Die Frau presste die Lippen zusammen, und ich wusste nicht, was ich tun sollte. Ich stand am Baum wie ein Idiot, starrte Löcher in die Luft und wartete darauf, dass sie etwas zu mir sagte. So verging eine Minute. Ich verschwinde besser, dachte ich. Aber ich musste pinkeln. Also beugte ich mich vor, spreizte die Beine, um nicht nass zu werden, und ließ es laufen.

Als ich schon wieder über den Zaun kletterte, sprach die Frau mich erneut an. «Zieh dich an ... und komm zurück.» Ich antwortete nicht. «Bitte komm zurück ... Wir könnten uns unterhalten.» Das war eine Gelegenheit. Wenn ich mir einen runterholte, war ich auch nicht wählerisch. Dann sagte ich mir: Hauptsache eine Frau. Solange sie nur nicht zu alt, nicht zu hässlich und natürlich nicht krank war. Da war sie also. Dann sollte sie wohl alt sein, sagte ich mir. Denn plötzlich ...

«Und was ist dann passiert?», fragten mich die Kinder. Nichts, die Frau tat so, als würde sie nichts merken. «Gib doch zu, dass du es nicht mit ihr getrieben hast!» Sie hörten gar nicht mehr damit auf, sich über mich lustig zu machen.

Auf dem Rückweg sagte ich mir immer wieder: «Sie wartet.» Ich stellte sie mir nackt vor. Versuchte mir die Frauen in den Magazinen ins Gedächtnis zu rufen, die Filmschauspielerinnen, die ihre Brüste zeigten. Mein Schwanz wurde halb steif davon; es kribbelte in meinem Bauch. Ich verabschiedete mich von den Kindern und blieb vor der Tür meines Hauses stehen, ohne mich entschließen zu können einzutreten. Bis es mir zu blöd wurde und ich loslief. Zurück zur Koppel. Unbeteiligt. Lustlos. Nur, um zu sehen, was passieren würde.

Die Frau stand am Zaun. «Ich heiße Elena» sagte sie. Und ich Jaime. «Jaime», wiederholte sie. Und so standen wir eine Weile da, ohne dass irgendwer was sagte. Ich musterte sie ausgiebig. Es war schwer einzuschätzen, ob sie sich wünschte, dass ich wieder über den Zaun sprang, oder ob sie mich nur ansehen wollte. Sie bemühte sich, ihre Nervosität zu verbergen und mir zu verstehen zu geben, dass sie Lust auf mich hatte, ohne sich allzu weit aus dem Fenster zu lehnen, indem sie es wie ein beiläufiges Kompliment klingen ließ, als sie sagte: «Du hast einen schönen Körper.» Ich beschloss, ihr irgendwas zu erzählen. Lehnte mich gegen den Maschendrahtzaun. Ließ ihn unter meinem Gewicht ächzen. Schwang hin und her. Die Pfosten knarrten, die Drähte knirschten. Ich erzählte ihr von unserem Bolzplatz, von meinen Freunden. Mir fiel der Zigeuner ein. Und ich beschloss, mich so zu strecken wie er. Und ich imitierte seine Art zu lachen und zu reden. Eine Weile auf den Boden zu gucken, dann wieder in die Ferne. Ich betrachtete meine Hände, die Finger, die Nägel und die kleine Narbe. Ich machte eine Faust, um anschließend die Finger zu strecken. Erzählte, dass ich gerne Schallplatten hörte und man mit Wetten beim Billard gut Geld machen konnte. Ich fühlte mich sicher und überlegen. Die Frau hörte mir gebannt zu, ohne sich auch nur eine Silbe entgehen zu lassen. Sie wirkte wie eine halb vertrocknete Pflanze, die nach einer langen Dürre eine Ladung Wasser bekam.

«Ich hätte gerne eine helle Hose und einen roten oder hellblauen Pullover», sagte ich und ließ mich gleichzeitig fallen. Während ich mich am Zaun festhielt, pflückte ich beiläufig eine Blüte der Ranken, die hier überall wild wuchsen. Die Frau nahm die Blume von mir entgegen und nutzte die Gelegenheit, meine Hand zu berühren. Daraufhin sah ich ihr direkt in die Augen. Sie schämte sich ein bisschen. Dann sagte sie, dass meine Augen braun, etwas traurig und leicht gerötet seien, als ob ich nachts schon lange nicht mehr durchgeschlafen hätte. «Ich gehe jeden Abend zur Soda-Bar an der Plaza. Dort treffe ich mich mit meinen Freunden und wir hören Schallplatten. Es gibt immer irgendwen, dem man eine Zigarette oder ein Bier spendieren muss. Und das Mädchen, das sich um die Tische kümmert, will anscheinend was von mir.» Sie schwieg. «Ich geh jetzt», sagte ich plötzlich. «Schon?», bedauerte sie. Ja, ich hätte viel zu tun, erklärte ich und erfand ein paar Geschichten, um sie eifersüchtig zu machen. Und bevor sie widersprechen konnte, ordnete ich an: «Dann bis morgen um die gleiche Zeit.» Und machte mich auf den Weg.

Ich stand kurz vor dem Höhepunkt meiner Geschichte, als wir Schreie aus einem anderen Gang hörten. Drei Wärter zerrten den Hühnerschreck aus seiner Zelle. Sie schlugen ihn mit Knüppeln und beschimpften ihn. Sie ließen ihn um Gnade betteln, um Mitleid, und nach seiner Mama rufen. Sie brachten ihn mit Schlägen und Tritten zum Schweigen und spuckten ihm ins Gesicht. Auf Knien ließen sie ihn über den Hof kriechen. Das war ihre Rache. Er hatte einem Wärter die Uniform geklaut. Die hatte im Wachbüro gehangen, nagelneu und frisch gebügelt, erst vor Kurzem von einem der Insassen übergeben, darauf wartend, von einem der auf Eleganz bedachten Wachleute angezogen zu werden, damit er an seinen freien Tagen eine gute Figur darin machte.

Niemand war im Büro gewesen und der Hühnerschreck war vorbeigeschlappt. Es war eine Sache von wenigen Sekunden. Er ging rein und kam wieder raus. Mit der Uniform unterm Arm, die er wie ein Paket eingewickelt hatte. Er rannte zu seiner Zelle. Niemand stand Wache. Er beglückwünschte sich zu seinem Dusel.

Der Hühnerschreck war so ein Mulatte mit dem Gesicht eines rolligen Katers. Er war dreiundzwanzig, aber völlig unreif. Hielt sich für den Größten und erzählte nur Blödsinn. Einige Gruppen, die genauso lausig waren wie er, behandelten ihn, als wäre er tatsächlich eine große Nummer. Aber er war beim

Klauen von Hühnern erwischt worden. Und das auch noch halbnackt. Er hatte sich die Klamotten ausgezogen, damit die Hunde sie nicht zerfetzten. Die Bullen ließen es zu, dass die Journalisten ihn in Unterhosen fotografierten. Das Bild erschien dann in allen Zeitungen. Es war zum Lachen, ihn so blamiert und eingeschüchtert zu sehen.

Der Hühnerschreck hätte die Uniform einfach anziehen und ab in die Freiheit spazieren sollen, sagten alle. Aber so viel Grips hatte er nicht, es fehlte ihm an Entschlossenheit und der Risikobereitschaft, alles auf eine Karte zu setzen.

Mit jeder Minute rückte die Gefahr näher, dass es Alarm gab, der eine Generaldurchsuchung anordnete.

Er versteckte die Uniform unter der Matratze. Er ging in den Hof, zündete sich eine Zigarette an und begann, mit seinen Leuten zu quatschen. Die Zeit verging. Es war wie ein Wunder, dass der Diebstahl noch nicht bemerkt worden war. Noch zehn Minuten bis zum Einschluss. Da hatte der Hühnerschreck eine Idee: Er wollte vor seinen Jungs angeben, ihnen beweisen, dass er ein Teufel war, wild entschlossen, total skrupellos: ein echter Boss, ein Gott. Er nahm sie mit zu seiner Zelle und holte die Uniform hervor, schüttete das gesamte Paraffin aus einem kleinen Kocher drüber, machte ein Bündel, ging damit in den hintersten Winkel des Hofs, wo die Duschen waren, und legte es in eine Ecke. Sobald der Einschluss begann, wollte er eine brennende Zigarette darauf werfen, oder besser noch, wenn seine Leute ihn deckten, damit kein Denunziant ihn ertappte, ein Streichholz. So machte er es dann auch.

Und es war die Hölle los vor lauter Gedrängel: Geschrei, Gerenne. Aufseher Muñoz ging der Arsch auf Grundeis, als er seine Uniform erkannte. Er wurde leichenblass, zitterte vor

Wut. Die Häftlinge lachten sich halbtot. Und der Hühnerschreck, der Rächer für all die Ungerechtigkeit und Übermacht, platzte fast vor Stolz, während er die Huldigungen seiner Leute entgegennahm. Die Angeberei war von kurzer Dauer. Irgendwem schmeckte seine Rache nicht. Noch während der Aufruhr tobte, gab ein Spitzel den Wärtern einen Hinweis.

Der Einschluss begann, und während die meisten den Vorfall kommentierten und sich fragten, wer der Witzbold wohl gewesen war, wurde die Zelle des Hühnerschrecks aufgeschlossen, und Aufseher Muñoz, begleitet von zwei Wärtern, fing an, sich für den kleinen Jux zu revanchieren. «Bringen Sie mich nicht um, Herr Offizier!», schrie der Hühnerschreck mit geschwollenem Gesicht, blutverschmiert. Die Schläge prasselten gnadenlos auf ihn nieder. Die Wärter wollten ihm die Knochen brechen, seine Lunge zum Platzen bringen. Sie waren wie Bestien, gerieten völlig außer Kontrolle. Schließlich wurden Stimmen zu seiner Verteidigung laut: «Mörder» – «Wollt ihr ihn töten, ihr Arschlöcher?» Es folgte Radau, Hämmern gegen die Gitterstäbe, das Stockwerk um Stockwerk erfasste. Als die Schlägerei endgültig auszuarten drohte, erschien der Oberbefehlshaber der Wache und beendete mit einem einzigen Ruf das grauenhafte Geprügel. Alle verstummten. Nur das Wimmern und Jammern des Hühnerschrecks war zu hören. Sie brachten ihn auf einer Trage zur Krankenstation. Er brauchte vierzehn Tage, um sich zu erholen. Er kam raus mit drei Zähnen weniger, einer Hand in Gips, mehreren Stichen um den Mund herum und einer platteren und etwas schiefen Nase. Mit Blutergüssen am ganzen Körper und sehr langsam gehend.

«Gut. Und hast du dir die Alte nun geangelt?», fragte El Potro. Und ich fuhr fort mit meiner Geschichte.

Nachdem ich sie eine Woche mit viel Gerede und Geplänkel hatte zappeln lassen, fasste ich einen Entschluss. Ich wollte eine Erfahrung machen. Außerdem hatte sie mir einen Kleidergutschein versprochen.

Wir trafen uns in Santiago, am Eingang des Continental. Meinetwegen hätten wir es auch auf der Pferdekoppel treiben können, aber sie traute sich nicht. Sie war Witwe und lebte mit ihrer Mutter und einer Hausangestellten zusammen. Wir verabredeten uns um sechs. Ich kam vorsätzlich eine halbe Stunde zu spät. Ich war sicher, dass sie sich nicht vom Fleck bewegt hätte, selbst wenn es zwei Stunden gewesen wären. Ihr eingeschnappter Gesichtsausdruck hellte sich auf, als sie mich kommen sah. Sie schlug vor, dass wir uns, bis es dunkel wurde, ein wenig die Zeit vertrieben: ins Kino gingen oder in die Schneiderei. Sie zog den Gutschein aus der Tasche. Ich schnappte ihn mir auf der Stelle: «Gutschein für Waren im Wert von eintausendfünfhundert Escudos.» Ich rechnete nach: eine Hose, ein Pullover, ein Hemd und Schuhe. Das konnte hinkommen. «Wenn du willst, kann ich dich begleiten.» Aber ich wollte selbst auswählen und Sachen nach meinem eigenen Geschmack anprobieren. Ich sagte nein. «Und in welches Hotel?», wollte ich von ihr wissen. «Es ist doch noch viel zu früh», nölte sie. «Ist in diesem Fall doch egal», erwiderte ich. Das kam ohne jede Aufregung oder Geilheit. Ich musterte sie eingehend: Wenn sie zurechtgemacht war, sah sie ein bisschen besser aus. Die Straße war voller Mädchen mit hübschen Beinen und festen Brüsten. Ich bekam Lust, die Alte zu demütigen. «Los, gehen wir», befahl ich. Und wir machten uns auf den Weg. Sie kannte ein Hotel. Wir gingen ein paar Häuserblocks weiter bis Santo Domingo. «In das da», sagte sie und zeigte auf ein altes Haus in Gelb und Grün.

Ich war noch nie in einem Hotel gewesen, schon gar nicht mit einer Alten. Die werden glauben, ich bin ein Zuhälter, dachte ich. Und trat ein ohne Angst.

Ich schloss die Tür gut ab und sie warf sich mir sofort an den Hals. Sie wollte mich küssen, aber ich wandte mein Gesicht ab. Wir standen in der Mitte eines riesigen Zimmers, das nach Paraffin müffelte. Ich ließ mich von ihr umarmen, und um mein eigenes Vergnügen zu steigern, führte ich ihre Hand an mein Gemächt. Das ging ihr wohl zu schnell. «Du bist aber nicht sehr romantisch», sagte sie. Aber die Hand zog sie nicht zurück. Die ließ sie, wo sie war. Allerdings ohne den Druck zu erhöhen. Sanft. Abwartend. Bis sie es selbst nicht mehr aushielt, aufseufzte und leise schnaufte. Das amüsierte mich. Die arme Alte konnte nicht mehr an sich halten. Sie fing an, mir Sachen ins Ohr zu flüstern. «Mein süßer Junge, mein großer kleiner Mann.» Und sie drückte meine Eier. So fest, dass ich irgendwann aufschrie: «Scheiße, pass gefälligst auf.» Nun war sie beleidigt. Aber die Jungs von der Plaza hatten mir schon erzählt, dass man mit solchen Frauen wie ein Macho und schön zupackend umgehen musste. Einige hatten sogar mehr Spaß, wenn man sie schlug.

Ich ging zum Bett und legte mich hin. Die Alte blieb stehen. Ich begann, an die Decke zu starren. Die Muster im Stuck erinnerten mich an die Schule. Ich hatte es bis zur achten Klasse geschafft. Sie ließen uns Ornamente zeichnen, die diesen Mustern ähnelten. Mir half immer der Blonde, mein Banknachbar. Es war ein Typ meiner Größe, etwas kräftiger und ein feiner Kerl. Er verteilte gern freundschaftliche Knuffe und machte Catcher-Griffe nach. Die guckte er sich bei den «Titanes del Ring»˙ im Fernsehen ab. Samstags ging er ins Caupolicán˙.

Hinterher berichtete er uns, wie Barba Roja* gewonnen hatte, oder wie die Unbezwingbaren plattgemacht worden waren. Er erzählte das in äußerst bildhafter Sprache und wir waren alle Feuer und Flamme. Außerdem sammelte er Zeitschriften. Aus denen kopierte er viele Zeichnungen. Er hatte einen Haufen Freunde und lud uns an freien Nachmittagen zu sich nach Hause ein. Fast immer trafen wir ihn beim Zeichnen an. Wir standen um ihn herum, bis er fertig war. Dann gingen wir in die hinterste Ecke des Grundstücks. Unter den Apfelbäumen wuchs langes, weiches Gras. Wir zogen unsere Hemden und Schuhe aus und der Wettkampf war eröffnet.

Eines Nachmittags musste ich mit dem Blonden kämpfen. Sein Brustkorb war weiß und muskulös. Das war mir schon nach dem Sportunterricht beim Duschen aufgefallen. Der Blonde sang, wenn ihm ein anderer Junge den Rücken einseifte. Wenn ich ihn so weiß und von der Anstrengung leicht gerötet sah, wurde ich neidisch. Ich selbst war braun wie ein Proll.

Wir fingen an zu kämpfen. Ich hatte das dringende Bedürfnis, ihm zu beweisen, dass ich ein harter Gegner war. Er packte mich mit aller Kraft und wir fielen ins Gras. Während die anderen johlten, spürte ich die Berührungen seiner Beine, seiner Brust, seinen Geruch und seinen keuchenden Atem, aber er schaffte es nicht, mich zu besiegen. Der Kampf dauerte schon fünfzehn Minuten und keiner von uns beiden setzte sich durch. «Unentschieden, unentschieden!», riefen die Jungs. Ich dachte, damit wäre der Kampf beendet, und hörte auf, mit voller Kraft gegenzuhalten. Sofort fühlte ich das ganze Gewicht des Blonden auf mir. Seine Beine, seine Arme. Ich konnte mich nicht mehr rühren. Dann schnaubte er mir ins Gesicht und rief triumphierend: «Ich hab dich gepinnt.»

Die Frau kam zum Bett. Sie setzte sich mir zu Füßen. Sie schmollte und wirkte irgendwie abwesend. Bis sie anfing, mit der Hand über meine Hose zu streichen. Ich hätte sie am liebsten beschimpft oder ihr eine geknallt. Nach einem Seufzer ließ sie ihren Kopf genau zwischen meine Beine fallen. «Jetzt hol ihn doch endlich raus!», brüllte ich sie an. Sie tat es. Ihre Hände waren weich und hatten offenbar Erfahrung mit solchen Dingen. «Soll ich mich ausziehen?», fragte sie. «Von mir aus», antwortete ich. «Aber ohne das Licht auszumachen.»

Als sie ihren Büstenhalter ablegte, fielen ihre Titten auf den Bauch. Mit einem albernen Kichern zog sie sich den Schlüpfer aus und verdeckte mit der Hand ihre Scham. «Nimm die Hände weg!», rief ich, und sie gehorchte auf der Stelle. Ich wollte sie mir genau ansehen. Sie war meine erste Frau.

Dann legte sie sich neben mich. Ich löschte das Licht und zog meine Hose ganz aus. Sie umarmte mich stürmisch. Ich fummelte ein bisschen an ihr rum, versuchte, die Lächerlichkeiten nicht zu beachten, die sie zu mir sagte. Dann stellte ich mir vor, sie sei ein junges Mädchen, legte mich auf sie und legte los.

Plötzlich, weil ich schwer atmete, sagte sie bittend: «Warte noch ein wenig!» Aber ich rammelte sie, bis sie schrie, und spritzte ab.

Ich rollte mich zur Seite. Wir schwiegen. «Machst du's mir nachher noch mal?», fragte sie mit einem dünnen, demütigen Stimmchen. «Nein. Muss noch nach San Bernardo.» Ich sprang aus dem Bett und zog meine Hose wieder an. «Aber du kannst mich doch nicht so zurücklassen!», quengelte die Alte. Ich antwortete nicht und knipste das Licht an.

Eines Abends schlenderte ich zur Plaza, als der Zigeuner auf seinem Motorrad auftauchte, in einer roten, glänzenden Jacke. «Steig auf!», sagte er zu mir. Und ich zögerte keine Sekunde.

«Gut festhalten!» Und ab ging's in Richtung Panamericana. Es war Winter und der Wind peitschte uns ins Gesicht. Der Zigeuner fuhr mit über hundert Sachen und lachte. «Halt dich besser an meiner Taille fest!» Es war das erste Mal, dass ich auf einem Motorrad fuhr, aber ich hatte keine Angst. Den Tod auf diese Weise zu finden, war für meinen Geschmack nicht beängstigend. Es war beeindruckend, wie wir die Autos einholten, wie uns alles entgegenrauschte in einem großen Lärm, der jegliche Unterhaltung unmöglich machte. Mir taten die Ohren weh. Ich duckte mich, um mich im Rücken des Zigeuners vor dem Wind zu schützen. Er raste jetzt noch schneller. Wir waren kurz vor Santiago. «Aber kitzel mich nicht am Bauch!», mahnte er. Ich fand es lustig, dass er kitzelig war. Sein Nacken roch frisch geduscht. Seine Kleidung nach Tabak. Das ist etwas, was mir schon immer gefallen hat: der Geruch von Tabak. Auch der von Benzin, von Gras, vom Rauch alter Dampfloks. Aber die gab es ja nicht mehr. Plötzlich kehrte der Zigeuner um und es ging zurück nach San Bernardo. Als wir die Stadt erreichten, nahm er andere Straßen, statt zur Plaza abzubiegen. «Ich hab Durst», erklärte er. Wir hielten vor einer Kneipe, wo man ihn kannte. Er grüßte die Wirtin, die junge Kellnerin und sogar ein paar Gäste. Hier konnte man in aller Ruhe reden und Platten hören. Er bestellte einen Sechserträger Bier und kaufte fünf Marken für die Jukebox. Er drückte zwei Tangos und gab die übrigen drei Marken mir, damit ich etwas nach meinem Geschmack wählen konnte. Ich war überrascht. Seit ich ihn kannte, hatte er mich noch nie so wichtig genommen. Mich nicht und auch sonst niemanden. Er machte keine Unterschiede, behandelte alle gleich. Wir redeten über das Motorrad, und er machte sich über mich lustig: «Hast verdammt Schiss gehabt.» Und dann kreisten unsere Gespräche eine Weile um das Thema Tod, Unfälle und solche Sachen. Er bestellte noch mal sechs Bier. Und keiner von uns beiden kam auf den Gedanken weiterzuziehen. So wohl fühlten wir uns. Mehr Leute trafen ein, und die Atmosphäre war entspannt. Kein Streit, keine Raufereien. Von der Decke hingen Girlanden in allen Farben. Und eine Wand war mit einer gewaltigen Landschaft bemalt; einem Bach und einem Pfad mit Pappeln.

Was mir am meisten am Zigeuner gefiel, war seine Art zu schmunzeln. Weil ich so aufgedreht war, sagte ich ihm das. Ihm gefiel meine Offenheit. «Dafür werde ich dir ein Geheimnis verraten: Dieses Lächeln hab ich geklaut.» Und weil ich ungläubig das Gesicht verzog, versicherte er: «Ohne Scheiß.» Und ich wurde hellhörig. «Da war ich noch klein. Ich muss etwa neun gewesen sein, da haben sie mich mitgenommen zu so einem Landgasthaus an der Haltestelle 18, El Rosendal oder La Higuera, ich weiß nicht mehr genau. Und es trat ein Gitarrist auf. Gutaussehender Typ. So um die zwanzig. Sie kündigten ihn an als ‹die Nachtigall des Tangos›. Und da war er mit seiner Gitarre, sehr ernst, gekleidet in seinen dunkelblauen Dreiteiler, zwischen den bunten Scheinwerfern. Sie brachten ihm einen Stuhl, er stellte einen Fuß drauf, sammelte sich und begann mit ‹Adios, muchachos›. Er sang direkt ins Mikrofon, und man hörte ihn ganz deutlich aus allen Lautsprechern. Keiner machte Lärm. Am Ende applaudierten ihm alle mit echter Begeisterung. Da lächelte er. Es war ein so schönes Lächeln, und es gefiel mir so gut, dass ich es, ohne es zu wollen, sofort nachmachte. Er sang etwa drei Tangos und am Schluss, immer wenn er sich für den Applaus bedankte, lächelte er. Und ich sah genau hin. Inzwischen hab ich mir seine Art zu lächeln so angewöhnt, dass ich sie nicht mehr loswerde.»

Nach all den Bierchen musste ich pinkeln, und als ich zurückkam, unterhielt sich der Zigeuner mit der Kellnerin, einer hübschen Brünetten. Mit kleinen, aber wohlgeformten Brüsten; solchen, die man komplett mit einer Hand greifen kann. Sie hatte langes Haar und ziemlich schlanke Beine. Sie mochte ihn, und war, ohne groß zu flirten, für einen Augenblick mehr als freundlich. Der Zigeuner bestellte noch einen Sechser. «Das sind die letzten», sagte er. Und wir fingen an, über Frauen zu reden. Ich hatte ja nicht viel Erfahrung. Aber ich behalf mir mit ein paar Übertreibungen. Nachdem ich es mit der Alten getrieben hatte, hatte ich mir halt noch ein paar Hausmädchen geangelt. Das Thema ließ ja viel Raum zum Ausschmücken. Der Zigeuner behauptete, den ganzen Tag über fickrig zu sein. Er wachte schon mit einem Ständer, hart wie Stahl, auf. Er wichste mindestens viermal pro Tag. Das verwunderte mich, denn mit seinem Aussehen musste er doch Frauen im Überfluss haben. «Das ist so, weil viele mit meinem Tempo nicht mithalten können, und ich immer gleich zur Sache komme.»

Der Zigeuner wohnte in Santiago. Er war aus San Bernardo, hatte sich aber mit seiner Familie verkracht. Er arbeitete nicht, hatte aber trotzdem immer Geld. Wie zum Beweis bestellte er nochmal einen Sechserträger. «Das sind jetzt aber wirklich die letzten.» Unsere Augen waren halb glasig, halb leuchteten sie. «Woher hast du denn die ganze Kohle?», fragte ich ihn. «Mein Patenonkel gibt sie mir.» – «Klingt ja, als ob du dich aushalten lässt.» – «Was sein muss, muss sein!», antwortete er halb im Ernst, halb scherzhaft. «Würdest du dich für Geld mit 'ner Schwuchtel einlassen?» – «Warum nicht, wenn's Geld bringt ... aber das wäre schon ein großes Opfer, denn die dicken Scheine haben nur die Alten.» – «Und mit 'nem Jüngeren?» – «Schwer zu sagen.» Und wir redeten und redeten und vergaßen darüber die Zeit. Er war schon fast drei. Von den Kneipengästen waren nur noch wir beide und ein Typ an der Bar übriggeblieben. Die Wirtin wollte schließen, und der Zigeuner verlangte die Rechnung.

Am Ausgang schlug uns der Wind ins Gesicht. «Wo wohnst du?», fragte er mich. «Am anderen Ende der Straße, aber bemüh dich nicht. Lass mich einfach hier, es geht schon.» Aber er wollte noch ein bisschen durch San Bernardo heizen. Er fuhr in entgegengesetzter Richtung in Einbahnstraßen. Er hielt an und gab Vollgas. Er überholte plötzlich. Er schrie wie ein Verrückter. Bis er pinkeln wollte und wir abstiegen. Er legte mir den Arm um die Schulter, und wir gingen zu einer Mauer. Er holte das Ding raus und ich tat dasselbe, damit er mich nicht für zimperlich hielt. Nachdem wir uns erleichtert hatten, fuhren wir wieder los. Nach einer Weile sagte ich zu ihm, um ein bisschen den Helden zu spielen: «Los, fahren wir zurück auf die Panamericana!» Aber als wir mit einem Affenzahn an der Avenida Colón ankamen, stoppte uns eine Funkstreife. Sie stellten sich uns quer in den Weg und hupten. Wir hielten an. Es ging nicht anders. Das Kommissariat lag drei Blöcke entfernt. Und Abfahrt. Diesmal ganz langsam. Führerschein, Krawatte, Schnürsenkel, Gürtel abgeben, und ab in eine verschissene Sammelzelle. Ich hatte keine Angst. Ich fand das sogar lustig. Ich empfand es als Abenteuer.

Die Zelle war groß und finster, roch nach Kotze. Als wir reinkamen, hörten wir ein Rascheln wie von Mäusen. Dann stellten wir fest, dass es von ein paar Typen kam, die in einer Ecke saßen. Einer jammerte rum. Im Suff oder weil sie ihn verprügelt hatten. Oder wegen beidem. Der Zigeuner schien Angst zu haben, jedenfalls legte er mir die Hand auf die Schulter. Hin und wieder klagte er über Übelkeit: «Ich glaub, mir dreht sich gleich der Magen um, Kumpel!» Mir hingegen war der Suff schon vergangen. Wenn auch nicht vollständig. Aber ich fühlte mich gut. In der Ecke, in der es am Übelsten roch, befand sich ein Klo. Ich führte ihn hin. Und er fing an, sich auszukotzen. Beherrschen tat er sich keineswegs. Entweder hatte er große Schmerzen oder er war sehr wehleidig, denn er jammerte entsetzlich. «Ich fühl mich sauschlecht, hol die Polizisten.» – «Wart noch ein bisschen, das wird schon wieder.» Es wäre dumm gewesen, die Bullen zu rufen. Entweder hätten sie uns ausgelacht oder sie wären wütend geworden. Dann wollte er sich setzen. Und weil die Toilettenschüssel völlig verdreckt war und es kein Kloapier gab, legte er sein Taschentuch auf den Rand. Er zog die Hose runter und fing an, sich zu erleichtern. Ich hatte mich bereits an die Dunkelheit gewöhnt, und durch eine kleine Luke drang etwas Licht. Es gefiel mir gar nicht, den sonst immer so fröhlichen und adretten Zigeuner in diesem Zustand zu sehen. Ich wollte weggucken, aber irgendwas zwang mich hinzusehen. Und da war er: Zeigte seinen enormen Schwanz und den stark behaarten Hintern. Er wischte sich mit besagtem Taschentuch ab und zog seinen sehr knappen Slip aus Nylon wieder hoch. Knöpfte sich die Hose zu und zog die Kette. Wenigstens funktionierte die Spülung, und der üble Gestank verzog sich ein bisschen. Ich war müde. Am besten, wir streckten uns auf dem Boden aus. Das sagte ich dem Zigeuner. Die Mitte des Raums war trocken. Zunächst setzten wir uns nur. Keiner von uns war zu Gesprächen aufgelegt. «Geht's dir besser?», fragte ich. «Ja», antwortete er. Ich dachte, er wäre wieder nüchtern, und kam noch mal auf die Kneipe zurück, in der wir gewesen waren, aber er antwortete nicht. «Legen wir uns besser hin», sagte ich. Jetzt war ich es, der die Zügel in der Hand hielt. Kurz darauf schlief er ein. Er schnarchte. Weil es zog, fror er und schmiegte sich an mich. Sein Bart war nachgewachsen und machte sein Gesicht dunkler. Das Hemd war aus der Hose gerutscht und gab den Blick auf Bauchnabel und Haare frei. Plötzlich, aus Neugier oder warum auch immer, hatte ich das Verlangen ihn zu berühren. Ich knöpfte sein Hemd auf und fuhr mit der Hand über seine Brust, dann umarmte ich ihn und schloss die Augen. Als ich sie wieder öffnete, war es bereits hell, und ein Alter, der sich vollgekotzt hatte, starrte mich an. Ich schämte mich. Zusammengefasst, es war kalt und wir waren wieder nüchtern.

Die Bullen wollten uns mit großem Gewese vor Gericht zerren. Sie inspizierten die Papiere des Zigeuners, das Motorrad war auf seinen Namen gemeldet. Verdammt! Wer konnte sich so was schon leisten? Sie telefonierten herum, um zu ermitteln, ob wir eine Strafakte hatten. Fehlanzeige. «Wir arbeiten in einer Gerberei in San Miguel und sind spät dran. Ich ernähre mit dem Gehalt die ganze Familie, ich hab fünf kleine Geschwister und will nicht den ganzen Wochenlohn verlieren», log ich sie ohne Skrupel an. «Ich gebe zu, dass wir gestern Mist gebaut haben», sagte der Zigeuner kleinlaut. Die Bullen wurden weich und entließen uns mit einer Verwarnung. Wir schwangen uns aufs Motorrad und Adiós.

In dieser Nacht wurde ich von Stimmengewirr aus dem Schlaf gerissen, dem Lärm von Eisenstangen, von Türen, die aufgerissenen wurden, von Geschrei, Protestrufen und Flüchen. Es ging alles sehr schnell. Eine Angelegenheit von Sekunden. Ich merkte, wie sie die Zelle aufschlossen. Hatte gerade noch genug Zeit, meine Unterhose überzuziehen. In der Dunkelheit konnte El Potro seine nicht finden. Die Polizisten zielten mit ihren Maschinengewehren auf uns. Wir kannten sie nicht. Sie kamen alle zwei oder drei Monate aus anderen Gefängnissen, um eine Generaldurchsuchung zu machen. Sie tauchten gegen Mitternacht auf, wenn wir alle fest schliefen. Mit Turnschuhen, damit sie keinen Lärm machten. Sie verteilten sich systematisch auf den verschiedenen Gängen. Auf Befehl rissen sie die Türen auf. Sie scheuchten uns in den Hof, so wie wir waren. Und dort standen wir dann, barfuß, in der Kälte und blickten in Gewehrläufe, während sie die Zellen durchsuchten. Sie durchwühlten unsere Klamotten, zerschnitten die Matratzen, zertrampelten alles Kleine und Zerbrechliche und hinterließen ein Durcheinander aus verschütteten Kartoffeln und Obst. Sie kippten den Reis, den Zucker, die Linsen aus. Schmissen alles durcheinander. Voller Wut, wie Verrückte, in der Hoffnung, selbstgemachte Waffen oder irgendwas anderes zu finden, das für Ausbrüche oder Kämpfe benutzt werden konnte. Und natürlich fanden sie Waffen. Dann funkelten ihre Augen vor Genugtuung. Aus anderen Zellen kamen sie mit Messern zurück, mit Eisenstangen, die noch nicht fertig angespitzt waren. Sie schmissen alles im Hof auf einen Haufen. Und mit welchem Stolz sie ihren Schatz begutachteten!

Wenn sie alles, was zerbrechlich war, kaputtgeschlagen hatten, und die Zellen nur noch ein totales Durcheinander waren, begannen die Leibesvisitationen. Diejenigen, die im Nacht-hemd oder in Unterwäsche geschlafen hatten, mussten sich ausziehen. Diejenigen, die in voller Montur pennten, hatten umso mehr zu tun. Bei El Potro gab es nichts auszuziehen. Er war völlig nackt und zitterte vor Kälte. «Haben wir dich also in flagranti erwischt!», sagte ein Wachtmeister mit hämischem Lachen.

Die Durchsuchung war so gründlich, dass sie uns schon beim kleinsten Verdacht dazu zwangen, die Beine zu spreizen, sich Gummihandschuhe überstreiften und uns einen Finger in den Hintern bohrten. Sie vermuteten, dass manche Zäpfchen bauten, um Drogen darin zu verstecken. Es fehlte nie ein halb-schwuler, versauter Bulle, der die Gelegenheit ausnutzte, um seine Finger mit aller Gewalt reinzurammen. Wenn sich je-mand beschwerte, machte das alles nur noch schlimmer. Dann gab es Gelächter und eine Salve Fußtritte. Mit El Potro hatten sie kein Erbarmen. «Auf alle viere mit dir!» El Potro rührte sich nicht. «Ich hab mit dir geredet, du Arschficker.» Und sie fingen an, ihn mit einem Säbel zu schlagen. «Wenn du nicht gehorchst, schieb ich ihn dir inklusive Futteral rein!» Sie schubsten ihn auf den Boden, und einige traten auf ihn ein. Die anderen schauten ohne Einwände zu, amüsiert über das Spektakel. Er fiel auf den Bauch. «Dein Arsch ist gar nicht mal schlecht!» Gemeinsam packten sie ihn und brachten ihn in die Position, in der sie ihn haben wollten. «Willst du mal was Großes und Hartes probieren?» Und sie fingen an, mit einem Besenstiel rumzualbern. «Hat einer Vaseline?» Niemand ant-wortete. «Hol mal Vaseline!», wurde jemand aufgefordert. Und der Typ, vor lauter Angst, Schwierigkeiten zu bekommen, er-schien in Windeseile mit einer kleinen Dose. Sie rieben den

Stiel gut ein, schmierten auch El Potro einen Batzen zwischen die Backen und schoben ihm das Teil rein. «Ah, wie gut das tut!», stöhnte der Oberbulle und tat so, als würde ihm einer abgehen. «Noch bisschen tiefer, mein Hübscher?» Sie demütigten ihn, bis sie die Lust daran verloren. Dann schnappten sie ihre Beute aus Stichwerkzeugen, Messern und angespitzten Stangen und zogen ab, während der Rest sich daranmachte, uns wieder einzuschließen.

El Potro krümmte sich auf seinem Bett. Niemand sagte ein Wort. Ich sammelte die Laken auf, deckte ihn damit zu und legte mich neben ihn. Eine große Zärtlichkeit überkam mich. Dass ich mit angesehen hatte, wie er den Besenstiel hatte ertragen müssen, führte nicht dazu, dass ich ihn weniger männlich fand. Ich konnte mich nicht zurückhalten und schmiegte mich an ihn. Es war mir egal, was die anderen dachten. Ich fing an, ihm Sachen zu sagen. Die anderen hörten zu. Und vielleicht konnten sie in der Dunkelheit ein bisschen was erkennen. Es war ein bisschen verzweifelt. Weder war ich jemals so glücklich gewesen, noch habe ich mich je wieder mit solcher Zuneigung hingegeben.

Und ich beschloss, zu der Soda-Bar zu gehen, wo die Brünette bediente. Ich bestellte ein Bier nach dem anderen, bis es fünf waren. Aus Langeweile drückte ich Schallplatten in der Jukebox. Ab und zu nahm ich mir eine Zeitung. Aber ich guckte kaum rein. Ich konnte mich nicht konzentrieren, ließ mich nicht wirklich darauf ein. Nachdem ich wieder und wieder darum gebeten hatte, schenkte mir die Kleine endlich ein Lächeln mit ihren vorstehenden Zähnen.

Sie hieß Mónica und wohnte nur einen Block entfernt. Die

Bar schloss spät. An Samstagen erst im Morgengrauen. Aber ich brauchte mir keine Hoffnungen zu machen. Wenn ihre Mutter sie nicht abholte, lief sie eilig nach Hause, während die Wirtin sie nicht aus den Augen ließ.

Nach einer Woche ertappte mich der Zigeuner. Als ich ihn sah, schämte ich mich, und damit er den wahren Grund meines Besuchs nicht herausfand, bot ich ihm sofort ein Bier an und fragte ihn irgendwas, das meine Absichten vertuschen sollte. Er fing an, eine seiner Geschichten zu erzählen. Mónica hörte dem Gespräch zu « … und dann hätte ich mich wegen diesem Arsch fast verplappert.» – «Nicht so derbe, es sind Damen anwesend!» Aber sie lachte nur laut auf. «Oh, entschuldige», sagte der Zigeuner. «Klar, er grüßt nicht mal mehr, taucht eine Woche lang nicht auf, aber kommt umso unverschämter zurück!» Und nach noch ein paar Entschuldigungen erzählte der Zigeuner weiter von seinen Abenteuern.

Wenn ein Gast eintraf, kümmerte Mónica sich um ihn, kam dann aber zurück und setzte sich wieder in unsere Nähe. Der Zigeuner guckte sie nicht mal an. Ich bestellte noch zwei Bier und verwickelte ihn in ein Gespräch. Er antwortete eifrig. Die Sache lief gut, bis er zu mir sagte: «Lass uns zur Plaza gehen, ich will nach den Jungs sehen.» Und ich ihm folgen musste.

Ich dachte die ganze Zeit an sie. Es war Verliebtheit und Geilheit. Wenn ich mir einen runterholte, stellte ich mir vor, wie ich ihre Bluse aufknöpfte, den BH abstreifte und anfing ihre Brüste zu küssen, vorsichtig an ihnen saugte und dabei meine Hand wandern ließ, bis ich ihre intimsten Stellen berührte. Ich wurde jeden Tag dünner, und die Jungs zerfetzten mich förmlich mit ihrem Spott.

Mónica war meine Zuneigung egal. Erst wenn ich mit dem

Zigeuner kam, wurde sie gesprächig und blühte auf. Sie bediente uns dann auf eine total gekünstelte Weise. Es machte mich wütend, ihr dabei zuzusehen, wie sie sich lächerlich machte und ihre Zeit vertrödelte. Der Zigeuner war ein eitler und anspruchsvoller Typ. Bei ihm hatte sie nicht die geringste Chance. Aber sie … und ich. Ich lächelte. «Woran denkst du?», fragte mich der Zigeuner. «An nichts», antwortete ich. Und ich bedauerte sie.

Mein Problem war die Kohle für das Bier. Wenn ich irgendwo ein Zimmer streichen, Leuten das Gepäck tragen oder auf dem Bau aushelfen konnte, reichte das Geld für eine Woche. Aber das kam selten vor. Manchmal dachte ich in meiner Verzweiflung an die Alte, mit der ich im Hotel gewesen war. Aber keine Chance. Als ich versuchte, sie zurückzuerobern, war sie unnahbar und zeigte mir die kalte Schulter. Sie sagte, dass sie es bereute, sich mit mir eingelassen zu haben; ich solle sie in Ruhe lassen. Und sie ging sogar so weit, mir mit einem Polizisten zu drohen: «Ein sehr zuverlässiger Freund.» Es konnte stimmen. Also verzog ich mich. Wäre ich klüger gewesen, hätte ich sie damals einfach stehen lassen, läufig wie sie war!

Irgendwann war ich dermaßen pleite, dass mir kein anderer Ausweg mehr einfiel, als die Kleinen, mit denen ich Fußball spielte, nach Geld zu fragen. «Wir haben ja nicht mal genug für einen Drachen`!» Pech gehabt. Und ich muss ein so enttäuschtes Gesicht gemacht haben, dass sie mir nach einer Weile ein Geheimnis anvertrauten. Wenn sie wirklich Not litten, klauten sie Zeitschriften. Dafür musste man wie zufällig vor einem Kiosk stehen bleiben, Comics und Fotoromane aussuchen, sie schnell aus dem Regal reißen, ins halboffene Hemd oder unter den Pulli stecken, und dann seelenruhig weitergehen. Bis jetzt hatte sie noch nie ein Verkäufer erwischt. Sie zogen die Aktion bei zehn oder mehr Kiosken durch. Aber nur von Zeit zu Zeit, um das Huhn, das die goldenen Eier legte, nicht zu schlachten. Ich war einverstanden. Meine Aufgabe war, mir die Zeitungen anschauen, um dem Verkäufer die Sicht auf die Kinder zu versperren. Die Kleinen hatten einen Riesenspaß, aber ich pinkelte mir vor Aufregung fast in die Hose. Als wir sieben Kioske erleichtert hatten, sagte ich, es wäre genug. Der Verkauf war die leichteste Übung. Sie hatten ihre Abnehmer.

Wenn das Geld definitiv alle war, gab ich mich damit zufrieden, Mónica vom Bürgersteig aus zu betrachten, indem ich wie zufällig vorbeiging. Dann sagte ich mir, wenn ich wieder reingehe, werde ich umso willkommener sein. Ich vertrieb mir die Zeit damit, mir Komplimente auszudenken, die sie zum Lachen bringen würden, nahm mir vor, mit ihr über so viele Dinge zu reden. Pures Wunschdenken! Denn als ich wirklich wieder reinging, sah sie mich nicht einmal an. Das entmutigte mich total. Und ließ mich ohne Freude, angeödet, an meinem Bier nuckeln, mit einer Mischung aus Geilheit und Kummer.

Elf Tage lang hatte ich nur im Vorbeigehen zu ihr hinübergesehen. Es war ein Samstagabend. Wir waren mit den Jungs auf der Plaza. Ich deprimiert und pleite, sie in bester Laune. Und warum auch nicht! Die meisten von ihnen hatten Kohle in der Tasche. Es war Zahltag gewesen. Wenn einer angeboten hätte, mir was zu leihen, wie hätte ich mich dann absetzen können. Wo einer hinging, gingen alle hin. Die Kneipe von Mónica eignete sich für Gespräche, weil sie ruhig war, aber die Jungs wollten lieber einen draufmachen. Hätten sie mitbekommen, dass ich nur wegen Mónica hinwollte, wären sie mir den ganzen Abend mit blöden Sprüchen auf die Nerven gegangen. Außerdem bestand die Gefahr, dass einer von ihnen sie abschleppte.

«In der Rueda ist heute Tanz», meinte einer. «Lasst uns hingehen und gucken, wie da die Stimmung ist», schlug ein anderer vor. Und wir zogen los. Die Stimmung war gut. Ohne Ende Leute: Männergruppen, Soldaten, Angestellte, ein paar aufgetakelte Schülerinnen, zwei oder drei Ehepaare und ein Polizist, der eng umschlungen mit einer vollbusigen Indianerin tanzte. Wenn sie zwischen die Pärchen gerieten, streichelte er mit der Hand hastig ihren Hintern, um dann schnell wieder ihre Taille zu umfassen, in dem Glauben, niemand hätte was bemerkt. Das Lustige war, dass der Bulle auf harten Rock tanzte. Weil es eine Band gab, die erstklassig aufdrehte. Zwei blonde Typen, die wie Brüder aussahen, spielten E-Gitarre und ein hübscher Schwarzer am Schlagzeug gab dem Ganzen Zunder. Als er anfing, auf die Drums und Becken einzudreschen, hörten die Paare auf zu tanzen, und alle staunten darüber, wie er schneller und schneller wurde, ohne dabei auch nur einmal aus dem Rhythmus zu kommen. Als wäre er an eine Steckdose angeschlossen. Er brachte uns dazu zu schreien und trommelte noch schneller, und noch härter, als ob er die Becken kaputthauen und die Drums zum Explodieren bringen wollte, mit seiner Wut, mit seinem Übermut, die langen Haare vor den Augen, schwitzend. Dann war der verdammte Song zu Ende. Und alle applaudierten. Scheiße, war der Junge gut! Leider gab es keine freien Tische mehr. Ein Kellner bot uns an: «Ich krieg euch schon irgendwo unter», und führte uns in eine Ecke ganz weit hinten. «Später könnt ihr umziehen.» Wir sagten, das passt. Wir waren zu siebt. «Ein Glas Pfirsichbowle, eine Flasche Pisco, ein Kurzer … ?» – «Nur Bier. Sagen wir drei pro Mann … macht einundzwanzig!»

Wir fingen an, Frauen zu beobachten. Plötzlich sagte einer: «Guckt mal, da drüben ist der Zigeuner!» Ich war so verblüfft, dass mein Atem stockte. Am anderen Ende des Raums, halb von einer Säule verdeckt, saßen Mónica und der Zigeuner.

Und sie lachte, gestikulierte herum. Dabei hatte sie doch immer so zurückhaltend gewirkt, wenn ich ihr begegnet war. Beim schnellen Nach-Hause-Laufen nach Feierabend. Und so behütet. Mit welcher Lüge hatte sie sich wohl die Erlaubnis erschlichen hierherzukommen? Ich war sicher, dass sie sich aus Verliebtheit die Freiheit selbst genommen hatte.

Plötzlich standen sie auf, um zu gehen. Also sagte ich zu den anderen, ich müsste aufs Klo, und ging den beiden hinterher.

Die Nacht war sternenklar und schwül. Sie gingen ins Dunkel bei den Pferdekoppeln. Am Zaun blieben sie stehen. Gleich am Ende der Straße. Wo ein riesiges Grundstück mit tiefem, dichtem Unterholz begann. Sie zogen sich unter einen Baum zurück. Zwischen das Gequake der Kröten und das leise Plätschern des Wassergrabens.

Fast eine halbe Stunde lang umarmten und küssten sie sich. Bis Mónica sich nicht mehr beherrschen konnte und ihre Bluse aufknöpfte. Er küsste ihre Brüste. Er strich ihr übers Haar. Sie liebkoste ihn, als hätte sie jegliches Schamgefühl verloren. So entschloss sich der Zigeuner, sie in eine Ecke des Dickichts zu führen, die er bereits zu kennen schien. Sie legten sich auf den Boden. Ich kroch lautlos hinterher, um besser sehen zu können.

Er kniete nieder und entkleidete sie. Knetete ihren Busen. Streichelte sie überall. Man sah ihm an, wie stolz er war, sie erobert zu haben.

Plötzlich stand er auf. Ich bekam einen Schreck. Er begann, sich auszuziehen. Legte Hemd, Hose und Slip ab. Er sah nach oben; der Himmel eine Fontäne aus Sternen. Er strich sich über Brust und Hüften. Betrachtete voller Zufriedenheit seinen enormen Schwanz – und ließ sich sanft nieder.

Der behaarte Hintern des Zigeuners hob und senkte sich voller Kraft und Anmut, wie die Wellen auf See. Mónica jaulte auf vor Lust. Er blieb ganz still.

Nach all dem Gestoße und Gestöhne nahm er ein Taschentuch, wischte sich ab und zog sich wieder an. Eilig. Ihr blieb nichts anderes übrig, als das Gleiche zu tun. Kaum war sie fertig, umarmte sie ihn, als ob sie noch nicht genug hätte. «Ich bin so glücklich! Ich könnte die ganze Nacht hierbleiben!» Aber der Zigeuner ging einfach los. Sie musste ihm hinterherlaufen. Ich sah sie in eine Straße einbiegen und plötzlich um eine Ecke verschwinden.

Erst jetzt kam ich wieder zu mir. Ich empfand weder Wut noch Eifersucht. Nur Neid, den Wunsch, so gut auszusehen wie der Zigeuner und mit Frauen umgehen zu können wie er. Und eine große Geilheit erfasste mich. Wie ich sie nie zuvor gespürt hatte. Und weil ich mich nicht zurückhalten konnte, legte ich mich an die gleiche Stelle, an der sie gelegen hatten. Ich wälzte mich hin und her und riss mir stöhnend die Klamotten vom Leib. Meiner ist auch so groß! Ich bin genauso behaart wie der Zigeuner! Und während ich versaute Schweinereien vor mich hin stammelte, rieb ich mich an der Wiese, bis mir einer abging.

Danach ging ich langsam zurück. Plötzlich wurde mir klar, dass alle Liebe aus mir gewichen war; dass Mónica mir nichts mehr bedeutete. Ich nahm das ohne Groll zur Kenntnis, ganz ruhig. Das war seltsam. Und ich konnte den Gedanken nicht ausschließen, dass ich vielleicht schon eifersüchtig gewesen wäre, wenn sie sich in einen anderen Typen verknallt hätte. Aber im Fall des Zigeuners war es normal, dass sie den Kopf verloren hatte. Besser sogar.

Eines Samstagabends, als ich mir ein paar Bier genehmigte, lernte ich eine Gruppe Jungs kennen, die mit Geld nur so um sich warfen. Sie waren Schausteller. Den Ältesten mochte ich. Er musste etwa fünfundzwanzig sein. Untersetzt, stumpfnasig, mit den Augen eines Indianers und dicken Lippen, die vom Weißwein ganz feucht waren. Sie nannten ihn El Tropical. «Nicht wegen seiner Coolness, noch wegen seiner Geilheit … obwohl, könnte auch hinkommen.» Nein, wegen seiner dunklen Haut, den krausen Haaren und weil er hervorragend tanzte. Vor allem Cumbias*. «Ich steh halt unter Strom!», entschuldigte er sich. Er trug blaue Jeans und ein ausgewaschenes rotes Hemd. Aber er war modebewusst. Lange Haare, Wildleder-Mokassins, zwei Ringe mit farbigen Steinen und eine Kette mit einem Anhänger auf der Brust. Er hatte den ganzen Vormittag gearbeitet. «Mit meinem Bruder und meinem Partner habe ich über achthundert Escudos Umsatz gemacht.» Das erzählte er zwischen Gelächter und fröhlichem Geschrei. Die anderen hörten amüsiert zu, voller Wohlwollen, man merkte, dass sie ihn bewunderten.

Wir gingen aus dem Hauptsaal nach hinten in einen Nebenraum. Und fingen an, Weißweinflaschen zu leeren. El Tropical erkundigte sich, was es zu essen gab. Wir entschieden uns für vier Sanguches a arrollado* mit viel Chili. Er war spendabel. Und redegewandt! Jeden überflügelte er mit seinen Geschichten. Wohl kaum die Hälfte von dem, was er erzählte, war wahr. Aber das war ja gerade das Lustige: wie er die Dinge ausschmückte. Er war ein der reinste Flunkerkünstler.

Um zwei Uhr kreuzte der Zigeuner auf. Ein ziemlicher Zufall. Weil ich zum ersten Mal in dieser Kneipe war, ging ich davon aus, dass auch er sie eigentlich nicht auf dem Zettel hatte. Es war wohl Schicksal. Er winkte mir überschwänglich zu. «Und warum lädst du ihn nicht ein, sich zu uns zu setzen?», fragte El Tropical. Ich rief rüber. Der Zigeuner nahm die Einladung an. Ich fürchtete, sie würden aneinandergeraten. Aber ich täuschte mich. Wenig später unterhielten sie sich, als wären sie allein. Unter schallendem Gelächter erzählten sie sich gegenseitig von ihren Eskapaden. Als der Zigeuner pinkeln ging, stand El Tropical auf, um ihn zu begleiten. Sie kehrten Arm in Arm zurück.

Das alles ging mir gehörig auf den Sack. Ich versuchte meinen Senf dazuzugeben, aber hatte keine Chance. Den anderen, die es gewohnt waren, still zuzuhören, gefiel es scheinbar zu lauschen und zu schweigen. In einer Luftholpause, während der ich schon eine Weile auf dem Trockenen saß, beschwerte ich mich über die Ebbe in meinem Glas. Großes «Entschuldige, Kumpel» verschaffte mir zehn Minuten Aufmerksamkeit, dann gab es wieder nur sie beide. Wir leerten vier, fünf Flaschen, und ich saß da wie ein Idiot. Ab und zu ein Lächeln, ein aufmunternder Klaps auf die Schulter, ein «Jetzt erzählst du mal was!», das mich nur noch mehr aufregte. Bis sie beim Thema Frauen landeten. Beide waren sehr von sich überzeugt. Sie fanden ihre

Haare, Augen und vor allem ihre Körper toll. «Ich würde eher eine Frau verlassen, als einen Freund zu verlieren», sagte El Tropical. Die Liste ihrer Eroberungen war lang. Es machte mich rasend, dass sie so eingebildet waren. Ich wollte abhauen, aber ich brachte es nicht fertig, mich zu erheben. Und blieb. Ich schäumte ohne aufzubegehren.

Die Kneipe füllte sich zusehends und die Jukebox begann heiß zu laufen. Die Musik begeisterte El Tropical. Aber ihm fehlten die Frauen. Er stand auf, um Jukebox-Marken zu kaufen. Drückte ein paar Cumbias und fing an, allein zu tanzen. Zugegebenermaßen bewegte er sich wundervoll. Und die Leute spornten ihn an, noch mehr Gas zu geben. «Tanzen wir?», fragte er den Zigeuner. Und der ließ sich nicht lange bitten. Den Gästen gefiel das. Am Ende applaudierten sie ausgiebig. Die beiden kamen in Fahrt. Sie tanzten drei Cumbias hintereinander. Die Leute begannen, das Interesse zu verlieren. Es wurde langweilig. Aber die beiden wollten unbedingt weitermachen. Sie kamen zum Tisch, tranken den restlichen Wein aus, bestellten noch eine Flasche und schossen los, um weitere Platten zu drücken. Und weiterzutanzen. Immer übertriebener. Sie sahen aus wie Schwuchteln. Ich empfand Scham und Wut. Aber für die beiden war es wohl das Paradies. Der Zigeuner spielte die Rolle der Frau. Schmiss sich fast weg vor Lachen, schloss die Augen, fuhr sich mit der Hand durchs Haar, über die Hüften, griff sich an die Brust, als ob er Titten hätte, und ließ sich von El Tropical führen. Es war, als ob sie sich gegenseitig anmachen würden. Plötzlich fing der Zigeuner an, kurze Schreie auszustoßen, zu stöhnen, zu hauchen: «Du Prachtkerl! ... Ah, nicht so fest, mein Süßer! ... Sonst komm ich noch auf den Geschmack! ... Du leckerer Wilder, du!» Und weiteres Zeug in diesem Stil. Das war der Moment, wo ich den Kopf verlor. Ich sprang auf, riss der Frau, die die Sanguches zubereitete, das Messer aus der Hand und rammte es dem Zigeuner in den Bauch.

Das Urteil ließ auf sich warten. Insgesamt musste die Strafe aber mindestens fünf Jahre Haft betragen. Zu meinem Glück war ich auf einem Gang gelandet, der ruhig war. Bis zu einem gewissen Punkt. Anfangs hatte ich Befürchtungen. Der von El Potro Verstoßene betrachtete mich voller Hass. War es denn meine Schuld? Er konnte mir das Gesicht oder den Arsch eintreten. Oder beides. Oder mich gleich ganz kaltmachen. War alles schon passiert. Ein verbitterter Mann ist zu allem fähig.

Glücklicherweise beschloss er schon bald, sich in eine andere Abteilung verlegen zu lassen. Nichts weniger als Gang zwölf! Er hatte dort einen jungen Dieb mit einer Menge Einfluss für sich eingenommen. Das posaunte er überall herum. Er war aufgestiegen. War nun der Freund eines echten Schurken. Und er wurde sehr überheblich und herablassend.

Tatsächlich war der Lückenbüßer nicht hässlich, aber ich konnte besser reden und sah nicht so tuckig aus wie er.

El Potro war ein guter Freund, aber er ließ vor den anderen gern den Macho raushängen. Besonders, wenn er Alkohol getrunken hatte. Dann gab er mir demütigende Befehle, um allen zu zeigen, dass er mit mir machen konnte, was er wollte. Aber er war auch liebevoll und sorgte dafür, dass es mir an nichts fehlte. Deshalb hegte ich keinen Groll gegen ihn. Er schenkte mir immer Sachen: Pomade fürs Haar, einen Nagelknipser, ein Glas mit Goldverzierungen, sogar eine richtig moderne Hose.

Ohne dass ich davon wusste, hatte er seinem Bruder meine Maße mitgeteilt. Aber sie war mir trotzdem etwas zu weit.

Deshalb bat ich einen, der Schneider war: «Mach mir die so eng, dass die ganzen kleinen Fische eifersüchtig werden.»

Die Ankunft von Che Pibe* sorgte für einiges Aufsehen. Er war Chilene, und behauptete, ein großer Gangster zu sein … allerdings in Buenos Aires! Demzufolge hätte El Potro ihm seine Zelle überlassen müssen oder ihm eine verschaffen, die ihm zusagte, aber er spielte den Dummen, als wäre Che Pibe ein Spinner ohne jede Bedeutung. Er wollte keine Konkurrenz. Und mit dieser Missachtung stellte er klar, dass er sich nicht infrage stellen ließ.

Che Pibe machte nicht auf beleidigt. Er war jung, hübsch, mit sehr wachen Augen und er sprach wie ein Argentinier. Aber das wirkte nicht aufdringlich, im Gegenteil, es machte Spaß ihm zuzuhören. Er war schlank, nicht besonders groß, gut gebaut, bewegte sich elegant und hatte Locken, die einen neidisch machten.

Nach ein paar Tagen stattete er uns einen Besuch ab. Er kam lächelnd herein und bot uns importierte Zigaretten an. Es war offensichtlich, dass er gekommen war, um El Potros Reaktionen zu testen, der wiederum auf der Hut war. Aber nach einer Weile ließ auch er sich von Che Pibes lockerer Schnauze mitreißen, und sie amüsierten sich über zwei besoffene Messerhelden aus der anderen Abteilung, die einen neu eingetroffenen Indio, einen Bäcker, ficken wollten. Der Mau Mau verteidigte sich mit Händen und Füßen. Es war eine Rauferei wie im Film. Er schlug die zwei regelrecht zu Brei, und wenn er gewollt hätte, hätte er *sie* ficken können, und zwar alle beide. Wie man so sagt: Der Schuss ging nach hinten los.

Dann lud Che Pibe uns in seine Zelle ein. Und wir gingen

mit. Er teilte sie mit drei Typen. Einer von ihnen lag auf dem Bett. Der stand gleich auf und verzog sich in den Hof, damit wir uns in aller Ruhe unterhalten konnten. Che Pibe bot uns Mate-Tee an. Er trank ihn sehr bitter, wie in Argentinien üblich. Etwa drei Jahre lang hatte er dort gelebt, zwischen Rosario und Buenos Aires. Hatte anscheinend einen Lastwagen gehabt oder irgendwas in der Art gearbeitet. Dann erzählte er uns äußerst detailfreudig, wie er eine Bank ausgeraubt hatte, mit Maschinenpistole und allem. Wer's glaubt.

Er legte Wert auf gute Kleidung. Trug fast immer ein Tuch um den Hals. Davon besaß er mindestens zehn. Seine Zelle war einfach, mit Bildern aus Illustrierten überall. An der Wand ein gerahmtes Foto: Che Pibe vor dem Obelisken von Buenos Aires*.

Ein paar Tage später zeigte Che Pibe, aus welchem Holz er geschnitzt war. Auf Kosten eines armen Typen, der vor seiner Zellentür in voller Lautstärke mexikanische Lieder hörte. Es war etwa zehn Uhr morgens. Plötzlich stürmte Che Pibe auf den Flur, ungekämmt, barfuß, ohne Hemd, nur in der Hose, und vergaß seinen argentinischen Akzent: «Mach sofort die Scheißmusik aus, du Hurensohn!», brüllte er, und bevor der Typ auch nur den Mund aufmachen konnte, um eine Erklärung abzugeben, versetzte er ihm von hinten einen brutalen Fausthieb. Dann legte er sich wieder schlafen. Diejenigen, die das Ganze mit angesehen hatten, diskutierten mit gedämpften Stimmen seine Überlegenheit.

Danach begann Che Pibe, sich zu verändern. Er distanzierte sich von El Potro. Ein Gruß und das eine oder andere knappe Wort, mehr nicht.

Es stellte sich heraus, dass Che Pibe ein außerordentlicher

Hitzkopf war. Die Gewaltausbrüche wiederholten sich. Und er prahlte damit. Eines Tages lieferte mir Wärter López, ein feister Rohling, der immer alle mit bitteren Wahrheiten demütigte, ohne es zu wollen eine Erklärung. Er fragte Dany, einen hübschen Blonden, der seine erste Nacht in der Zelle von Che Pibe verbracht hatte: «Und wie hat er dir den Arsch entjungfert?» Der Junge senkte den Kopf. «Warum so schamhaft, sind doch alles Schwuchteln hier!» – «Nun übertreiben Sie mal nicht, Herr Offizier», protestierte Che Pibe. «Wie jetzt? Willst du mir etwa sagen, dass du noch nicht angestochen wurdest?» Und weil sein Ton sehr verletzend und herausfordernd war, verzog sich Che Pibe mit einer verächtlichen Handbewegung und einem Schulterzucken.

Die Bemerkung des Wärters bestätigte meine Vermutungen. Als El Potro und Wimper zusammen geschlafen hatten, wer hatte da wohl den Mann gemacht? Und als sie zum ersten Mal in den Knast gekommen waren, hatten sie sich da nicht auch den Stärkeren unterwerfen müssen? Dann waren also auch sie Schwuchteln. Das lag in der Natur der Sache. Hinzu kam, dass die Jungs auf meinem Gang keinen besonders harten Ruf hatten. Und sich trotz aller Bemühungen schwertaten, so kaltblütig rüberzukommen wie die Schwerverbrecher von der Elf und der Zwölf. In diesen Gängen duldeten sie keine «Macker, die unglücklich, verknallt und schwul» waren, wie sie einmal gegenüber einem Typen klarstellten, der sich für verwegen genug hielt, um mit ihnen Freundschaft zu schließen. Die einzige Art, dort aufgenommen zu werden, bestand darin, sofort seinen Arsch hinzuhalten wie es der Verstoßene getan hatte.

Eines war klar: Die auf meinem Gang waren noch verhältnismäßig harmlos.

Mein Vater kam alle zwei Wochen vorbei. Nach seinen Besuchen war ich immer unruhig und traurig. Ich war ihm nicht wichtig. Er mir auch nicht. Er brachte mir was zu essen, Obst und Zigaretten. Wir redeten wenig. Immer dieselben Fragen. Die Zeit wurde uns lang. Die meisten redeten rauchend mit ihrem Besuch. Alle durcheinander in einem engen Hof. Aus dem Gemurmel waren einzelne Worte herauszuhören, die eine Ahnung von den Unterhaltungen vermittelten. Plötzliches Gelächter, das Weinen eines Säuglings oder das Geschrei der Kinder, die zwischen den Polizisten hin und her rannten.

Wenn die Besuchsstunde vorüber war, begann das große Getratsche. Sie erzählten voller Zärtlichkeit von ihren Kindern, von der alten Mutter, der Frau oder den Geschwistern. Manchmal mit Sorge oder Wut. Sie tauschten Ratschläge aus und machten Pläne. Ich hörte ihnen ohne Interesse oder Neid zu.

Mein Vater war groß und hager. Mit mir war er ernst; mit Frauen ausgelassen und fidel. Dann leuchteten seine Augen, er wurde wieder jung und lachte viel. Weil er Elektriker war, zog er von Haus zu Haus, und es fiel ihm leicht, sich mit den Dienstmädchen anzufreunden. Er verliebte sich schnell. Zu jener Zeit war er mit Señora Elvira liiert, der vierten Frau, mit der er seit dem Tod meiner Mutter zusammenlebte. Diese Elvira war um einiges jünger, um die dreißig, und er hatte vor Kurzem die fünfzig überschritten.

Es kümmerte ihn einen Dreck, dass ich im Knast saß. Ich glaube, er war sogar froh. Weil ich damals ohne Arbeit war. Ich stand spät auf und verbrachte weite Teile des Tages damit, im Haus und auf dem Grundstück rumzuhängen. Ich ging erst raus, wenn er nach Hause kam. Und weil er entsetzlich eifersüchtig war, stellte er sich wahrscheinlich Wunder was vor.

Die Dame war ganz passabel, aber nicht mein Fall. Molliges, rundes Gesicht, gebräunt wie die Leute vom Land, aber eine Weiße mit grünen Augen: das Seitensprungprodukt irgendeines Hausherrn. Sie sagte, sie käme aus Linares, aber bekam keine Post von dort und schrieb auch niemandem. Sie war Mädchen für alles in verschiedenen Häusern von Ñuñoa und Cisterna* gewesen. Hatte die dumme Angewohnheit, den Damen des Hauses zu widersprechen. Dann wurde sie gefeuert oder ging aus purem Hochmut selbst. Deshalb behandelte mein Papa sie äußerst sanft.

Er war immer knapp bei Kasse, aber ihr ließ er jede Laune durchgehen. Es machte mich wütend mitanzusehen, wie er sich vor ihr erniedrigte. Ich wollte fortgehen, weglaufen wie ich es als kleiner Junge getan hatte. Dann ließ ich mit meinen Freunden Steine rumfliegen und wir zielten mit unseren Zwillen auf Sperlinge, Pfähle, alte Dosen oder streunende Hunde. Bis ich einmal, weil es schon Nacht wurde, aus Angst vor Schlägen beschloss, nicht zurückzukehren. Ich schlief damals überall: zusammengekrümmt in einem Zeitungskiosk, wenn es mir gelang, das Schloss aufzubrechen; zugedeckt mit trockenen Blättern auf irgendeiner Weide; oder in einem der am Bahnhof stehenden Waggons, stets fürchtend, vom Nachtwächter erwischt zu werden.

Meine Mutter ging los, um nach mir zu suchen. Sie fragte ein wenig bei meinen Freunden herum und war danach zufriedengestellt: «Kleine Männer passen selbst auf sich auf», sagte sie.

Doña Elvira von wo auch immer akzeptierte erst, mit meinem Vater zusammenzuleben, als sie herausfand, dass sie schwanger war. Und sie bekam ein ziemlich dunkles Baby, mager, und mit einem Gesicht so behaart wie ein junges Tier. «Dein Schwesterchen», wie er völlig vernarrt zu sagen pflegte, fast sabbernd vor Zufriedenheit. Er kaufte eine komplette Babyausstattung und eine Wiege mit vielen Verzierungen und Rüschen. «Für mein Töchterchen will ich nur das Beste», wiederholte er immer wieder, als wollte er mich unbedingt eifersüchtig machen. Bei verschiedenen Gelegenheiten platzte mir der Kragen: «Und bist du sicher, dass das Baby von dir kommt?» Er wurde wütend, forderte Respekt, wollte mir eine kleben, aber das wagte er inzwischen nicht mehr.

«Was ist los mit dir?», fragte El Potro. Ihm war schon aufgefallen, dass die Beziehung zu meinem Vater sehr unterkühlt war. Und so ließ ich meinen Erinnerungen freien Lauf.

Als meine Mutter starb, war ich zehn Jahre alt. Sechs Monaten vergingen, bis mein Vater mit einer anderen Frau aufkreuzte. Die war pummelig und jung. Faul und Sängerin. Sie hörte den ganzen Tag Radio. Kaufte El Musiquero·, lernte Liedtexte auswendig und sang bei Schallplatten mit. Mein Vater fand, dass sie eine hübsche Stimme hatte, und sie glaubte ihm. Doch in Wirklichkeit war sie völlig unbegabt. Und eitel. Sie takelte sich gerne auf, steckte sich Spangen ins Haar. Das lang und schön war. Sie mochte Parfüm, Halstücher, die bauschig und bunt waren, Kettchen, Gürtel, Broschen und – vor allem – Süßigkeiten! Denn sie war naschsüchtig wie ein kleines Mädchen. Den ganzen Tag lutschte sie Bonbons oder machte Kaugummiblasen. Und mein Vater kaufte ihr alles, brachte ihr ständig Geschenke mit. Freitagabends sogar Kuchen. Aber das Täubchen entflog ihm trotzdem. Er weinte viel. Und es fiel ihm schwer, darüber hinwegzukommen. Wenig später kam ihm zu Ohren, dass seine Liebste mit einem jüngst aus dem

Militärdienst entlassenen Burschen zusammenlebte, irgendwo bei Conchalí. Aber er wurde aus dem Schaden nicht klug. Und fing an, eine Fabrikarbeiterin zu umwerben, die ein uneheliches Kind hatte, um ihr dann ein weiteres zu machen. Die schmiss er aus irgendwelchen Gründen raus. Scheinbar hatte sie immer noch eine Beziehung zum Vater ihres ersten Kindes. Er war immer nur mit seinen Frauengeschichten beschäftigt. Ich war ihm nicht wichtig. Er kaufte mir kaum Kleidung. Manchmal lief ich in kaputten Schuhen herum. Ich sehnte mich bitter nach einem Drachen, danach, einen Film zu sehen oder ein Fahrrad zu mieten. Es tat mir weh, dass er bei mir so geizig war, und so freigiebig mit diesen Dahergelaufenen, die ihn ausbeuteten. Bis ich beschloss, mich allein durchzuschlagen. Ich übernahm Botengänge, Gelegenheitsjobs, freundete mich mit Schlitzohren an. Lernte Karten spielen, Domino und die Augen offen zu halten.

Während ich redete, packten mich Schmerz und Wut. Meine Augen wurden feucht, und El Potro bemerkte es. Aber wir befanden uns im Hof und die anderen beobachteten uns. Ich riss mich zusammen und beherrschte mich. «So gefällst du mir, Männer weinen nicht», sagte er mit einer gewissen Zärtlichkeit. Er sah mich eine Weile an, um dann, betont mitfühlend, zu fragen: «Willst du, dass ich dein Papa bin?» Das kam mir albern vor, als würde er mich verarschen. «Du würdest von mir verwöhnt werden, und ich würde dich in alle Filme ausführen, die du sehen willst.» – «Na gut!», sagte ich sehr langsam, ließ mich drauf ein. Und obwohl wir am nächsten Tag immer noch den gleichen Film mit Alain Delon sehen würden, den unser verlaustes Knastkino seit Wochen ankündigte, freute ich mich auf einmal darauf wie auf eine Belohnung, auf eine Überraschung:

«Siehst du, dass dein Papa dich lieb hat?», sagte er und legte seine Hand auf meine Schulter. Er sah mir in die Augen, und dann schob er mich sanft vorwärts, einer Gruppe entgegen, die sich in einer angeregten Unterhaltung befand.

El Potros Zuneigung machte mich traurig. Eines Tages würde ich ihn verlieren. Es war möglich, dass er sich für einen Neuen begeisterte. Oder sie verlegten ihn in den Vollzug. Dann würde er unsere Gespräche vergessen. Die Situationen, in denen er mir Mut zugesprochen und mir zum Trost von den vielen Strafen und Ungerechtigkeiten erzählt hatte, die ihm widerfahren waren. Wenn ich seine Stichnarben sah, wurde mir bewusst, dass er männlicher, tapferer war als ich, dass ich ihn brauchte.

Ich wollte in Ruhe gelassen werden, sicher sein, ohne Angst vor dem nächsten Morgen; einen Freund für alle Tage haben. Aber das war zu viel verlangt. Hier drin war nichts von großer Dauer. Alles war im ständigen Wandel. Die Liebe im Dunkeln war die einzige Möglichkeit sich zu amüsieren. Sie ernst zu nehmen, sentimental zu werden, bedeutete, das Verderben zu suchen, sich zum Narren zu machen, zum lächerlichen Trottel. Das Schlauste war, sich dafür zu wappnen, nicht auf so demütigende Weise abserviert zu werden wie der andere. Wenn das passierte, sollte El Potro es mit meinem Stolz zu tun bekommen. Für den Anfang entschied ich mich dafür, selbstbewusster aufzutreten, mich nicht zu sehr von seiner Freundschaft abhängig zu machen. Ich wollte die Tatsache, dass ich sein Geliebter war, mehr und mehr in den Hintergrund drängen. Alle respektierten mich, weil El Potro mich beschützte. Nicht mal die brutalsten und fiesesten Typen hätten mich gefickt.

Ich begann, mir meines Körpers, meiner Ausstrahlung sicherer zu werden. Keine Ahnung, wo ich die Kraft dafür hernahm. Ich riss Witze, grinste und machte mich über alle Welt lustig. Ich wurde immer beliebter. Hatte langsam einen Ruf. Ein richtiger Kerl zu sein, ohne dabei zu weit zu gehen. El Potro wunderte sich vielleicht darüber. Aber er störte sich nicht an meiner Veränderung. Im Gegenteil. Er beobachtete mich voller Neugier. Und ich rauchte, gestikulierte und tanzte mit all der Anmut eines neu erweckten Machos. Manchmal, als ob mir die Hose kniff, was sie im Übrigen auch tat, rückte ich mir beiläufig das Gerät zurecht. Und viele checkten das. Es war, als ob mich etwas dazu zwang, auch nicht die kleinste Gelegenheit auszulassen, eine Show abzuziehen. Mir gefiel die Rolle des Machos, auch wenn die Dinge in den Nächten völlig anders lagen.

Das Seltsame war, dass El Potro, wenn er mich herausfordernder und überlegener sah, wenn er merkte, dass manche mir schöne Augen machten, sich keineswegs daran störte, sondern er mich hinterher mit umso größerer Zuneigung nahm, mit einer Verzweiflung, die mich verwirrte. Aber die Sache erklärte sich von selbst. Ich merkte, dass, wenn er mich am Bauch streichelte, seine Hand gewagt tiefer wanderte. Er hielt inne. Und ging wieder hoch. Trotzdem war das Spiel gewonnen! Ich hatte ihn durchschaut.

Einige Zeit später ließ El Potro sich bei einem Fest ordentlich volllaufen. Mich schreckte das nicht ab. Mit meiner Art zu tanzen suchte ich förmlich die Gefahr. Ich rechnete nicht mehr damit, dass ein Faustschlag meinem Übermut ein Ende setzen könnte. Der Alkohol machte mich eingebildet, tollkühn.

Bei unseren Festen half uns ein Wärter. Man musste ihn entsprechend schmieren, damit er alle, die eingeladen waren, aus ihren Zellen holte und anschließend, so gegen drei oder vier Uhr morgens, zurückbrachte und wieder einschloss. In dieser Nacht hatte der Wärter zwei Tunten von Gang dreizehn mitgebracht, die das Ganze stimmungsvoller und runder machen sollten. Insgesamt waren wir zehn. Lagen auf den Betten, saßen auf dem Boden, hatten kaum noch Platz zum Tanzen. Plötzlich meinte einer: «Roxana soll mal strippen!» Die Angesprochene ließ sich nicht lange bitten und fing an, sich zu einem Mambo, der gerade im Radio lief, auszuziehen. Bis sie komplett nackt war. Dann fiel El Milico, ein stämmiger Schwarzer, über sie her. Roxana fing an zu kreischen und zu lachen. «Macht nicht so einen Lärm, ihr scheucht die Wärter auf!», motzte El Potro. Sie hörten auf ihn. Bei «Compases al amanecer»* spielten sie einen Tango, und El Potro zog mich an sich, um mit mir zu tanzen. Unter die Musik mischte sich Stöhnen, das schwere Atmen derer, die es miteinander trieben. Und wir tanzten weiter, ohne es zu beachten. El Potro schob sein Bein zwischen meine, streifte ihn zunächst nur, bis er, unfähig sich weiter zurückzuhalten, zudrückte, ihn wachsen und steifer werden fühlte. Aber El Potro war nicht dumm, und er gab mir bei aller Geilheit zu verstehen, dass wir das Ende des Festes abwarten mussten.

Nachdem der Wärter die Leute wieder zurück in ihre Zellen geschafft hatte, zogen wir uns aus. Als El Potro mich in Unterhose sah, stürzte er sich auf mich, küsste mich überall und ließ seinen Mund über meinen Körper hasten, immer tiefer.

Ich besorgte es ihm mehrmals. Bis ich ihm bewiesen hatte, dass es keinen Besseren gab als mich. Er war wie entfesselt, fügte sich. Sagte und tat Dinge, für die ich mich total geschämt hätte. Wir machten weiter, bis uns der Schlaf übermannte, kurz vor Aufschluss. Standen zum Appell auf und legten uns wieder schlafen.

Als wir aufwachten, war es schon dunkel. Er erzählte mir dies und das, ohne sich daran zu erinnern, was wir getrieben hatten. Alles war wie vorher. Nach ein paar Tagen machte ich einen Haken drunter.

Es verging über eine Woche, und gerade, als ich dachte, dass sich die Sache nicht wiederholen würde, während ich halb gelangweilt, halb schwermütig, an die Wand gelehnt an einer Kippe zog, spürte ich, wie er mich ansah. Ich beschloss, mich auf eine schön männliche Art zu strecken. Ich redete mit einem Typen, der gerade in der Nähe stand und eine unglaubliche Show abzog, aber blieb im Gegensatz zu ihm ganz natürlich. Den ganzen Abend verbrachte ich mit Imponiergehabe. Ohne dabei zu dick aufzutragen. Der Großteil des Spiels bestand darin, auf eine bestimmte Art zu gehen, zu gucken, zu schweigen. Und darin war ich inzwischen Meister.

In der Nacht hörte ich ihn seufzen. Ich verstand. Führte meine Hände an seine Taille und nahm ihn von hinten. Es machte ihn genauso glücklich wie das vorige Mal. Ohne Alkohol. Bei vollem Verstand.

Danach, während wir uns ausruhten, ließ ich meiner Fantasie freien Lauf. Wie gerne wollte ich ein Anführer sein! Ich stellte mir vor, wie ich mir einen Neuzugang aussuchte. Einen jungen Typen, der mich nach kurzer Zeit mit seiner Zuneigung beherrschte, bis er mich eines Nachts, ohne dass es jemand ahnte… El Potro seufzte. Er hatte immer noch nicht genug. Und weil mir das gefiel, funktionierte ich auch diesmal.

El Potro wurde komisch, nervös, hatte Unmutsanfälle. Er wirkte müde, gelangweilt; gab jeden Befehl schreiend. Manchmal versank er in Grübeleien. Irgendwas ging ihm durch den Kopf. Die Älteren sagten, das sei normal: Man hatte ihn zu zehn Jahren verknackt, von denen er erst drei hinter sich hatte. Und zwei weitere Prozesse lagen noch vor ihm.

Che Pibe dagegen hatte offenbar beschlossen, sich zum Boss hochzuquasseln. Seine Geschichten aus Buenos Aires waren unterhaltsamer als die der härtesten Banditen, und er erzählte sie so bescheiden, als würde er sich dafür entschuldigen, ein solcher Teufelskerl zu sein und so viele große Männer zu kennen. «Richtig schwere Jungs, keine Poser.»

Wenn er von seinen Großtaten berichtete, standen gleichermaßen alte Hasen und grüne Jungs mit offenen Mündern da vor Staunen und Neid. Sogar ich nahm ihm seine Geschichten halbwegs ab. Seine trockene und stets etwas augenzwinkernde Erzählweise, seine Selbstsicherheit und seine Liebe zum Detail führten dazu, dass selbst die größten Skeptiker umfielen. Außerdem war er immer gut gekleidet und es fehlte ihm nie an Geld. Er hatte einige halbwegs einflussreiche Freunde, die ihn jede Woche besuchen kamen. Immer noch war er hitzköpfig und arrogant, aber weit weniger als am Anfang. Doch es reichte, um kleinen Spinnern Angst und Respekt einzuflößen. Um Probleme mit den echten Respektspersonen zu vermeiden, verzichtete er darauf, über jeden Jungen rüberzurutschen, auf den er Lust hatte. Er hielt sich nur drei oder vier. Nicht unter Zwang – weil sie es wollten. Alles in allem war er großzügig, sympathisch und krümmte, wie man so sagt, niemandem ein Haar.

Das Tolle war, dass Dany, der Blonde von Che Pibes Jungs, mich mochte und auch ich anfing, mich für ihn zu interessieren. Aber wir waren dazu verdammt, lediglich Blicke zu wechseln, mehr ging nicht.

Eines Abends duschte ich, und Dany, der vorgab geistesabwesend zu sein, blieb stehen und sah rüber. Während ich mich in aller Ruhe einseifte, zündete er sich eine Zigarette an. Als ich anfing mich abzutrocknen, ging ihm einer ab.

«Was ist los mit Dany und dir?», fragte El Potro. «Keine Ahnung!», antwortete ich. «Sei ein bisschen vorsichtig!», riet er mir.

In einer verregneten Nacht, nachdem ich ihn befriedigt hatte, während ich beim Ausruhen den niederprasselnden Wassermassen lauschte, erzählte mir El Potro von einer Frau. Sie hieß Cristina. Die beiden hatten fast ein Jahr lang zusammengelebt. Sie wusste nicht, dass El Potro sie in etwas reinzog, bis die Bullen auftauchten, sie beschimpften und alles durchwühlten. Anfangs kam Cristina jede Woche zu Besuch. Dann blieb sie plötzlich weg. El Potro dachte, sie sei krank oder hätte einen Unfall gehabt. Er verbrachte die Besuchsstunde verzweifelt wartend, lief mit gespitzten Ohren auf und ab, sagte sich immer wieder: Sie wird mich anrufen. Aber nichts. Dann setzte er alle Hoffnung auf die folgende Woche. Und noch mal auf die nächste. Er wollte sich die Wahrheit nicht eingestehen. Das Gleiche war schon vielen vor ihm passiert. Weil Frauen eben nicht so treu sind, wie sie behaupten. Die, die brav warten und keine Besuchsstunde vergessen, sind die Hässlichen, die Fetten, die Zahnlosen, die mit drei oder vier Gören. Die anderen wollen was vom Leben haben, bevor sie faltig werden.

Auf meinem Gang sehnte sich keiner nach einer nackten

Brigitte Bardot. Es wurde selten über Frauen gesprochen. Nur die Verheirateten taten es. Weil sie verbittert waren. Sie waren nicht dumm und gingen aus gutem Grund davon aus, dass es keine Frau, so sehr sie auch das Gegenteil beteuerte, sechs Monate, geschweige denn vier oder fünf Jahre, aushielt, ohne die Beine breitzumachen.

Ich beschloss, keine weiteren Fragen zu stellen. Es war besser, wenn El Potro sich in Ruhe aussprach und mir nur das erzählte, was er erzählen wollte. Aber gleichzeitig wollte ich mehr über diese Cristina erfahren. Warum hatte er sie geliebt? Ich versuchte, sie mir vorzustellen. War sie blond? Wie waren ihre Brüste? Hatte er viel Spaß mit ihr gehabt? Ich zügelte meine Neugier. «Ende vom Lied: Es war vorbei», sagte er. Und mich erfasste eine Unruhe, ein Unbehagen, ich bekam Zweifel. Warum hatte er mir von dieser Frau erzählt? Um mir klarzumachen, dass er es bereute, die Seite gewechselt zu haben? Schämte er sich dafür, dass ich sein Stecher war?

«Willst du sagen, dass es dich anekelt?»

«Nein.»

«Also gefällt es dir?»

Er schwieg. Etwas später, wie um sich zu entschuldigen, sagte er: «Insgesamt werde ich sieben Jahre hier drinbleiben, da ist doch logisch, dass es mir gefällt … wie allen hier.»

«Heute Nacht hab ich von Valparaíso geträumt, vom Cerro Cordillera˙. Es wurde gerade dunkel und ich ging auf einen Jahrmarkt zu, der vor Kurzem angekommen war. Von oben guckte ich aufs Meer und auf die Schiffe. Der Wind wehte von einem Lautsprecher eine Cumbia zu mir rüber. Am Eingang, der mit bunten Glühbirnen beleuchtet war, traf ich ein paar

Freunde. Und dann haben wir unter Lachen und blöden Witzen versucht, die Helden vom Schießstand zu werden.»

El Potro lebte auf, wenn er sich schöne Dinge vorstellte, die draußen passierten.

«Was würde ich dafür geben, dass dieser Traum wahr wäre! Bei allen Spielen würde ich mein Glück versuchen. Ich würde voll bepackt mit Geschenken zurückkommen; mit Schokoriegeln, Likörflaschen und einer Clownspuppe... Hab ich dir schon erzählt, wie ich mal mit so einem niedlichen Clown nach Hause gekommen bin? Den hat mein Bruder bekommen, für meine kleinen Neffen. Ich hab zwei davon. Die müssen jetzt schon groß sein. Aber den kleinen Clown würde ich gern mal wiedersehen. Schwer zu glauben, dass es ihn noch gibt. Wenn sie ihn nicht kaputt gemacht haben, werde ich sie bitten, ihn mir mitzubringen.»

Vom Zuhören wurde ich ganz traurig. Auch ich hatte das Verlangen, andere Leute, Blumen, Hunde, die riesigen Bäume von San Bernardo zu sehen; wollte Drachen steigen lassen, Fahrrad fahren, irgendwas anderes angucken als verwitterte Mauern und zerkratzte Türen; mit Initialen, Daten und Kritzeleien; mit Kreuzen und Herzen; mit Pimmeln in allen Größen, mit Flecken von Blut, von Spucke und Pisse. «Hier regiert der Chino von San Diego». «Heilige Jungfrau, hilf mir». «Auf die langen Haare!». «Lumumba ist ein Verräter!». «Offizier González steht auf El Fonola». «Adiós und viel Glück meinem Nachfolger». «Chilo und Toño». «Der Lange ist wie eine Trommel: hinten offen, vorne zum Draufhauen». «Gruß an alle Cliquen. Tué Tué». «Vorsicht vor Fiesling Finte». «Zelle für echte Männer». «Kleberjunkie ist wie ein Kaninchen: will ständig rammeln.»

Manchmal schrieb ich auch was. Insgeheim machte ich in der Nähe der Duschen Werbung für mich: «Der Prinz ist heiß», «Der Prinz hat einen geilen Schwanz», «Der Prinz rockt».

An langen Nachmittagen grübelte ich über meinen Prozess nach. Würden sie mich zu fünf oder fünfzehn Jahren verknacken? Ich war Ersttäter, und bei guter Führung musste man nur die Hälfte der Strafe absitzen. Und ab in die Freiheit, wie man so schön sagt. Um niemals zurückzukommen. El Potro grinste spöttisch.

«Genau das hab ich mir am Anfang auch geschworen. Die haben mich vier Tage auf der Wache festgehalten. Haben mich dermaßen vermöbelt, dass ich die Hosen bis obenhin voll hatte. Dann ein Jahr Knast. Ich kam raus mit den besten Vorsätzen, wollte meinen Schwur echt halten. Nur einen Monat später saß ich schon wieder.»

Und ich begriff, dass es nach einer gewissen Zeit im Knast völlig normal war, deprimiert zu sein, ohne Enthusiasmus oder Lust auf Gespräche. Und es war ansteckend. Plötzlich ertappte ich mich dabei, wie ich dieselben Symptome wie El Potro entwickelte. Alles ödete mich an oder war mir egal. Die Typen erzählten immer wieder die gleichen Zoten und Witze. Ich kannte ihre Art zu gehen, zu reden, zu lachen, ihre Gesten, ihre Kleidung, sogar die Art jedes Einzelnen auszuspucken. Was mich aufrecht hielt, waren die Gedanken an draußen. Klar, das war tagsüber. Nachts reichte es, dass El Potro mich berührte und wir unseren Spaß hatten – wenn auch nur für einen Moment.

Aber weil nichts ewig dauert, fand ganz plötzlich auch meine pessimistische Phase ein Ende.

Eines Tages erwachte ich mit dem Wunsch, Gitarre spielen zu lernen. Ich erzählte es El Potro. Ihm gefiel die Idee. Wir gingen zu einem Typen, der die besten Instrumente baute. Wir entschieden uns für eine Gitarre aus schön hellem Holz. Versprachen, bald zu bezahlen. Und liefen sehr schnell, als hätten wir keine Zeit zu verlieren, zu Gang fünf: Der alte Rohrschnaps sollte unser Lehrer sein.

Die Sache war recht schwierig. Schon bei der zweiten Stunde taten mir die Finger weh. Doch ich übte fleißig weiter. Ich verbrachte Stunden damit, taubes, lahmes Geklimper zu produzieren, in der Hoffnung, Fortschritte zu machen, für die man mich feiern konnte. Nach einer Woche gelang es mir trotz aller Bemühungen noch nicht einmal, die Grundhaltung mit einem sauberen Akkord zu verbinden. Aber ich ließ mich nicht entmutigen. El Potro war noch schwerer von Begriff und warf nach der dritten Stunde das Handtuch. Von all dem Üben und Üben bekam ich Schwielen. Statt meine Fingerkuppen zu schützen, verstärkte die Hornhaut die Beschwerden, den Schmerz. Hin und wieder verlor ich den Mut und dachte mir, dass ich meine Zeit vertrödelte. Doch gerade, wenn ich aufgeben wollte, packte mich wieder der Ehrgeiz. Fortschritte machte ich keine, aber rückwärts ging es auch nicht.

Der alte Rohrschnaps war klein, extravagant und hatte ein Säufergesicht. Er spielte sich als internationaler Hochstapler auf und war in Wahrheit nur ein kleiner Gauner, darauf spezialisiert, Bauerntölpel und Hinterwäldler einzuseifen. Mit so viel Pech, dass es ihm, wenn sie ihn entließen, nicht gelang, auch nur zwei Monate zu arbeiten, bevor er wieder verhaftet wurde. Nur eines konnte er: Gitarre spielen und singen. Seine Patentante hatte es ihm beigebracht. Da war er noch klein gewesen und hatte in San Fernando gelebt. Sein Repertoire bestand aus Tangos und alten Liedern, die niemand je leid wurde zu hören. Mein Gott, wie viel Gefühl er da reinlegte! Als Lehrer war er geduldig. «Das Geheimnis besteht darin, zu üben und zu üben, bis die Finger ihre Schwerfälligkeit verlieren.» Aber ich wollte keine zehn Jahre warten. Das Lesen der Zeitschrift *Ritmo** hatte in mir einen Traum geweckt: Eines Tages, so schnell wie möglich, ein berühmter Sänger zu sein. Das heißt, sobald ich wieder frei war. Bis dahin übte ich Arpeggios, Akkorde, studierte den Tango, den Walzer und verlor mich in Tagträumen.

Anfangs fraßen mich die Jungs in unserem Gang fast auf mit ihrem Spott; dann gewöhnten sie sich an mein Geschrammel, an die ständigen Wiederholungen der Übungen, die meine Finger mit jedem Mal schneller und gehorsamer werden ließen.

Manchmal besuchte uns der alte Rohrschnaps. Das war ein Zeichen dafür, dass er keine Lust auf Unterrichten hatte, dass er lieber singen wollte. Er streute kleine Bemerkungen, damit man ihn darum bat, und sobald jemand auch nur die kleinste Andeutung machte, spulte er auf der Stelle sein gewaltiges Repertoire ab. Ein Lied nach dem anderen, ohne Pause. Eine Stunde verging, und er zeigte immer noch keine Anzeichen von Erschöpfung. Die Zuhörer rauchten, kochten Tee, blätterten in Zeitschriften, schnitzten mit Messern an Holzstücken herum, nähten Knöpfe an, flickten Socken, Hosen oder hingen Gedanken nach, die die Musik in ihnen weckte.

«Wenn du wüsstest, dass in meiner Seele
Immer noch die Liebe wohnt, die ich für dich empfand;
Wer weiß, wenn du wüsstest …»*

Mir fielen bei so was ein paar Filme ein. Zum Beispiel «Ein kurzer Sommer»*. Das war einer dieser Schmachtfetzen, über die sich viele lustig machten, die einen tief im Innern aber doch etwas schwermütig zurückließen. Es ging um ein Pärchen, das in Italien lebte. Sie waren jung und verbrachten die meiste Zeit im Bett. Sie sonnengebräunt mit festen Brüsten, die sich unter ihrem ziemlich durchsichtigen BH abzeichneten. Er mit einem schwarzen Slip, der so knapp saß, dass er sein Gerät kaum bedeckte, wie es in diesen Ländern Mode war. Sie tollten in einem großen und sehr schönen Bett herum. Hinterher duschten sie lauwarm. Sie umarmten sich lachend und wurden plötzlich wieder geil.

«Du Sonne meines Lebens …
Doch ich habe versagt»*

Dann schloss der Typ sie in die Arme, und es ging zurück ins Bett. Er nahm sie voller Lust. Weil die beiden verzweifelt waren. Er hatte auf der Arbeit Geld gestohlen und außerdem auf einen Bullen geschossen. Er wusste, wenn er nicht abhaute und sich versteckte, würde man ihn schnappen. Die Kleine schützte ihn. Sie waren unter falschen Namen in einem sehr noblen Hotel abgestiegen, angeblich frisch verheiratet und auf Hochzeitsreise. Sie versuchten, die bittere Wahrheit nicht an sich herankommen zu lassen. Glücklich zu sein in den letzten Momenten vor der Trennung. Eine Weile gelang es ihnen. Sie erinnerten sich an die Zeit ihres Kennenlernens, und man sah, wie sie an einem einsamen Strand badeten, nackt. Ein endloser Strand. So wie der von Coquimbo* sein muss. El Potro erzählte, dass er mal einen 18. September* in dieser Gegend gewesen war. Dass er sich auf der Fiesta de la Pampilla besoffen hatte. Dass er pudelnackt in La Herradura baden gegangen war. Dass er den ganzen riesigen Strand von Coquimbo bis La Serena zu Fuß abgeschritten hatte. Die Sonne war untergegangen und der Himmel eine Explosion aus Farben über dem stillen Meer gewesen. Manchmal war er aus purem Übermut drauflosgerannt; den Wellen ausweichend; die Möwen aufscheuchend, die am Strand Rast machten. Das Meer überspülte seine Fußabdrücke, ließ den Sand hinter ihm wie frisch poliert aussehen.

> «Banges Begehren
> Dich in meinen Armen zu halten
> Und Liebesworte zu raunen ...»[*]

Das Ende war traurig. Von oben aus einem Fenster sah das Mädchen die Bullenpatrouille näherkommen. Daraufhin nahm sie, ohne dass der Junge es bemerkte, seine Pistole und versteckte sie in ihrer Handtasche. Sie gingen runter und aßen auf einer riesigen Terrasse mit vielen Touristen und einer Unmenge Blumen. Der Hotelbesitzer hatte die Bullen gebeten, keinen Skandal zu machen. Sie hatten die Terrasse umringt. Sie warteten.

Auf einmal griff das Mädchen in die Handtasche, schaute den Jungen mit all seiner Liebe an und erschoss ihn. Um sich dann selbst zu töten.

> «Banges Begehren
> Deine Reize zu umfassen
> Und deinen Mund
> Erneut zu küssen ...»

Der alte Rohrschnaps hörte nicht auf zu singen. Derweil dachte ich weiter an den Film. Vor allem an die eleganten Orte, die er zeigte; die Autos, das Hotel, die Möbel, dieses gewaltige Badezimmer voller Spiegel, Parfüm und Handtücher; und an den Anzug des Jungen, der so gut geschnitten war und so schöne Farben hatte. Nichts von alledem konnte ich haben! Es konnte mir höchstens gelingen, ein Stück schwarzen Stoff zu ergattern und mir daraus einen Slip zu schneidern, so modisch wie der, den der Junge getragen hatte. Das war möglich.

Ich mühte mich weiter mit meiner Gitarre ab, ohne den Mut zu verlieren, trotzdem sah ich den Traum vom großen Erfolg, den ich anfangs gehabt hatte, mit jedem Tag in weitere Ferne rücken. Aber mit irgendetwas musste ich mir ja die Zeit vertreiben – und seien es nur Tagträume. Die von El Potro waren weniger selbstsüchtig: Er stellte sich gerne Massenfluchten vor. Den Jungs ging fast einer ab, wenn sie ihm zuhörten. Und alle machten Vorschläge oder trieben seine Fantasien auf die Spitze. Man könne mit ein paar Kartuschen Dynamit die hintere Mauer sprengen. Ein Freund könne sie anbringen, von außen. Wir würden die Stelle und den Zeitpunkt genau kennen. Uns in sicherer Entfernung bereithalten, um durch das riesige Loch, das die Explosion aufreißen würde, das Weite zu suchen. Es wäre wie in einem Cowboyfilm. Nur ohne Pferde. Stattdessen würde es ein Auto geben, das mit laufendem Motor auf uns wartete. Eine etwas modernere Variante. Der Gedanke an die Explosion beglückte sie wie kleine Kinder. Und um die Freude durch Rache- und Freiheitsgefühle zu vergrößern, stellten sie sich die Explosion bildlich vor, imitierten den Knall und warfen Arme und Hände durch die Luft wie Ziegelsteine, die umherflogen und zu Boden krachten: «Buuummm!» Und sie brachen in Gelächter aus. Sahen sich durch Staubwolken davonrennen, gefolgt von der gesamten Knastbevölkerung, während ein Oberbulle hysterisch die Wächter anschrie: «Knallt die Schufte ab!» Und drei, fünf, zwanzig, fünfzig Häftlinge fielen. Aber mehr als Tausenden gelang die Flucht. Was würde das Radio berichten? Die Fotos der Rädelsführer würden im Fernsehen und in den Zeitungen auftauchen. Und was für eine Angst die alten Weiber hätten! Und was für ein Zoff in ganz Santiago losbrechen würde! Buuummm! Es schien so einfach.

Andere hatten noch verwegenere Ideen. Sie stellten sich vor, dass uns Gangster aus den USA oder die Italiener von der Mafia einen Hubschrauber schickten, der genau über unserem Trakt in der Luft schwebte, um Pakete mit Revolvern und Maschinenpistolen abzuwerfen; wieder andere träumten von Betäubungsgas. Beim Erwachen würden die Offiziere und der Herr Direktor einen Käfig ohne Vögel vorfinden. Wunschträume!

In mir ging etwas vor. Ich war ruhig aufgewacht, aber nachdem ich ein Weilchen mit den Leuten gequatscht hatte, wurde ich ganz überdreht. Vielleicht war El Potro schuld. Er war sehr dominant. Ich liebte das. War glücklich, an seiner Seite zu sein. Mochte es, seinen hellen und muskulösen Körper zu spüren. Genau wie seinen traurigen, etwas hochmütigen Blick. Aber ich wollte aufsteigen. Die anderen sollten wissen, dass ab und an ich der Dominante war; und er sollte aufhören, so zu tun, als wäre ich sein Eigentum. Klar, er kommandierte mich mit viel Zuneigung herum, aber auch mit einer Selbstverständlichkeit, die mich demütigte. Ich hatte bewiesen, dass ich nicht nur eine unbedeutende Schwuchtel war, hatte mir den Respekt der Mithäftlinge erkämpft. Und auch wenn ich El Potro immer noch liebte, wollte ich ein bisschen mehr Freiheit. Die Wahrheit war, dass ich angefangen hatte, mich für andere zu interessieren.

In einem Hof fanden Fußballspiele zwischen den Häftlingen verschiedener Abteilungen statt. Die meisten spielten in Unterwäsche oder Shorts, und ich suchte mir einen Spieler aus. Und während ich beobachtete, wie er schweißbedeckt über den Platz rannte, energisch den Ball schoss, mit dem Schiedsrichter diskutierte, nach einem Tor jubelte oder fluchte, bekam ich Lust, mit ihm Freundschaft zu schließen, ihn kennenzulernen, mit ihm zusammen zu sein.

Eine Zeit lang interessierte ich mich überhaupt nicht für die Jungs, die mit uns zusammenlebten. Nicht dass sie hässlich waren. Der eine war ein Dunkelhäutiger, ohne Bart; der andere weiß, stark behaart, mit einem hübschen Lächeln. Beide waren durchschnittlich groß und von ähnlicher Statur. Der Dunkle hatte eine ziemlich großzügige Familie; ständig brachten sie ihm Käse, Dörrfleisch, Würste, Trockenobst, Säcke mit Reis, mit Suppennudeln, Kochfleisch, Zigaretten. Und immer wurde alles geteilt. Außerdem waren die beiden sauber und ruhig. Deshalb hatte El Potro sie sich als Zellengenossen ausgesucht. Man merkte, dass die Jungs sich gernhatten. Sie verbrachten den ganzen Tag miteinander, hörten Radio, quatschten, spielten Dame, alberten manchmal rum. Sie langweilten sich nie. Schon gar nicht in den Nächten. Weil sie im oberen Bett schliefen, versuchten sie keinen Lärm zu machen, wenn sie es miteinander trieben. Ein Quietschen, ein leises Keuchen, das war alles. Bis dann El Potro anfing mit seinem ungenierten

Gestöhne und dem Liebesgeflüster. Es war ihm gleichgültig, dass die anderen mitbekamen, dass wir die Rollen gewechselt hatten: Er war sicher, dass die Jungs niemals ein Wort darüber verlieren würden.

Sie nahmen sich ein Beispiel an uns. Nach kurzer Zeit begannen auch sie, Dinge zu sagen und sich zu benehmen, als wären sie allein. Sie wechselten ebenfalls die Rollen, auch wenn der eine, der Weiße, der Dominantere blieb. So zwischen grob und zart. Am folgenden Morgen taten sie, als ob nichts passiert wäre. Aber mich hatten sie so aufgegeilt, dass ich den ganzen Tag damit verbrachte, Mithäftlinge beim Duschen zu beobachten. Allerdings mit etwas Bammel. Wenn El Potro mich beim Abschweifen erwischte, würde ich es bereuen. Ich wollte ihn nicht verlieren. Und gleichzeitig hatte ich das Verlangen, mit möglichst vielen Typen eine Party zu veranstalten, bei der El Potro mich tun ließ, was ich wollte, und mit wem auch immer. Außerdem wollte ich strahlen. Der Respekt der anderen genügte mir nicht mehr. Ich hatte den Wunsch, übergroß zu sein. Die Gitarre zu nehmen und aus voller Kehle einen peruanischen Walzer zu schmettern. Besser als Lucho Barrios'! Mit einem markanten Rhythmus. Während meine Fans mit den Füßen stampften, im Takt klatschten und mir bewundernde Blicke zuwarfen. Und ich wünschte mir, für meine harte Faust und meinen gekonnten Umgang mit dem Messer gefürchtet zu werden. Ich würde elegant aussehen, liebenswert, wäre immer noch der Freund von El Potro, aber auch ein begabter Anführer. Eine Respektsperson. Allerdings ohne eingebildet oder überheblich zu wirken. Beliebt. Ohne Feinde. Oder mit ganz wenigen. Damit es nicht langweilig würde.

Es war etwa zehn Uhr morgens. Weil ich allein in der Zelle war, nutzte ich die Gelegenheit, mich eine Weile im Spiegel zu betrachten. Was hätte ich für einen großen Ganzkörperspiegel gegeben. Aber wie auch immer. Ich fing an, mich zu mustern. Die Sonne schien nur schwach und es drangen nur wenige Strahlen in die halbdunkle Zelle, was mir schmeichelte. Wie sahen mich wohl die anderen? Hässlich war ich nicht. Konnte mich jemand hübsch finden? Was war das Anziehendste an mir: meine Augen, der Mund, die Haare, vielleicht mein Körper? Oder war alles nur Durchschnitt, mehr nicht? Und wenn ich mir Koteletten wachsen ließ? Oder einen modischen Schnäuzer? Ich konnte mir die Haare wachsen lassen. Anfangen, andere Frisuren auszuprobieren. Welche stand mir wohl am besten? Ich beschloss, mir die Haare zu waschen. Warf den kleinen Kocher an und setzte Wasser auf. Vom Duft des Shampoos bekam ich gute Laune. Anschließend ging ich nach draußen, in die Sonne, um mich zu unterhalten, das Haar zu trocknen.

«Lasst uns eine Tortilla mit Chorizo, Zwiebelsalat und Tomaten machen und Tee dazu trinken.»

El Potro und die Jungs waren einverstanden mit dem Frühstücksvorschlag. Keiner von uns war anspruchsvoll. Aber Lust zu kochen hatte nur der Dunkle. Immerhin! Ich und einer der anderen halfen ihm lustlos. Manchmal, wenn er gut drauf war, gab El Potro den Koch. Er hatte dabei ein gutes Händchen. Besonders für Sopaipillas* und gebratene Pasteten. Er knetete den Teig voller Vergnügen. Sang und erinnerte sich an Zeiten des Hungerns. Wir ergatterten einen weiteren Kocher und zwei riesige Pfannen. Es war ein Fest! Wir luden Typen aus den anderen Zellen ein. Der Duft machte selbst dem Wachpersonal Appetit. El Potro war großzügig. Diejenigen, die vor Hunger fast starben, waren bei ihm gut dran, weil er sich an vergangene Notzeiten erinnerte und sie festlich bewirtete. Das war seine Wiedergutmachung.

Das Kino war eine desinfizierte ehemalige Bodega* mit einer Holzbühne, die stümperhaft angestrichen worden war. Als hätte ein Pinsel mit einem Rest grüner Farbe planlos drüber weg geschrubbt. Es gab breite Holzbänke ohne Rückenlehne. Mit reingeritzten Initialen und Widmungen. Mit Zeichnungen von Schwänzen jeder Art. Die Bänke waren nicht festgeschraubt und rutschten entweder vor oder zurück. Die meisten setzten sich lieber auf den Boden. Die Aufseher wagten sich nicht ins Dunkel hinein. Manchmal brachen sie den Film mittendrin ab, machten das Licht an und fanden ein anderes, sehr viel pikanteres Unterhaltungsprogramm vor. Aber sie mischten sich nicht ein. Rissen höchstens ein paar Witze. Das Ganze artete erst dann in Streit aus, wenn einer der Häftlinge seinen Freund mit einem anderen erwischte. Dessen Wutgeschrei und eisenhartes Durchgreifen sorgten dann tagelang für Gesprächsstoff. Der Trick klappte immer; das Licht wurde aus reiner Bosheit angemacht. Andere sahen sich den Film im Stehen an und wechselten dauernd den Standort. Der Kinosaal hatte kein Gefälle. Alle drängelten sich hin und her, um besser sehen zu können. Es kam zu Berührungen und Reibung, auch ohne, dass man es drauf angelegt hatte. Es war unmöglich für einen eifersüchtigen Macker, seinen Freund zu kontrollieren. Klar, wenn der Film unterhaltsam war, fing niemand mit Dummheiten an. Ich bevorzugte Action, mit vielen Schlägereien. Wenn ein Junge anfing, Prügel auszuteilen, riss ich die Augen auf und studierte seine Art zu boxen, und hinterher, sobald ich allein in der Zelle war, nutzte ich jede Gelegenheit, um vor dem Spiegel zu üben.

An einem Abend ließ mich so ein Junge fast erstarren vor Neid. Er machte eine unglaublich gute Figur in einer roten, glänzenden Jacke, wie die vom Zigeuner, mit grünem Futter, schrägen Taschen, Nietenmuster am Kragen, zwei Sternen auf den Schulterklappen. Dazu ein gelbes Hemd und eine helle, enganliegende Hose.

Von diesem Abend an träumte ich von einer solchen Jacke. Nach jeder Menge Gerede holte El Potro mich auf den Boden der Tatsachen zurück: «So was kann ich von meinem Bruder echt nicht verlangen. Du siehst auch so gut aus.»

Keiner hätte mehr darauf gewettet, dass Che Pibe derjenige sein würde, der El Potro herausforderte. Er schien sich damit abgefunden zu haben, nicht der Boss unseres Gangs zu sein. Innerhalb seiner eigenen kleinen Gruppe zu strahlen, ohne dabei zu wagen, mit einem wirklichen Anführer zu kämpfen. Er hatte einen trügerischen Charakter. Sympathisch, aber mit Hang zu Wutausbrüchen. Nichts Bedenkliches: ein paar Schreie und Flüche, aber die Faust schwang er nur, wenn er sicher war, dass der Getroffene es nicht wagen würde zurück-zuschlagen.

Für einige war das, was an diesem Morgen geschah, nur ein Anfall von schlechter Laune, der zum Verhängnis wurde. Für andere war es der von Che Pibe bewusst geplante und herbei-gesehnte Augenblick, die Macht in der Abteilung zu überneh-men. Dem gleichgültigen Verhalten ein Ende zu setzen, das El Potro ihm entgegenbrachte. Es demütigte ihn. Weil er eitel war und behandelt werden wollte wie jemand Wichtiges.

Es war etwa drei Uhr nachmittags. El Potro war auf dem Weg zu den Duschen, und Che Pibe kam von dort zurück. Sie gingen auf derselben Seite des Gangs. Keiner von beiden wollte dem anderen ausweichen. Und sie stießen zusammen. «Wir dachten, die machen das nur zum Spaß», sagten später die Zeugen. «Verdammt, brauchst du den ganzen Gang für dich?», motzte der Argentinier und versetzte El Potro einen harten Stoß. Dessen Erstaunen war genauso groß wie das der Schaulustigen. Ein paar Sekunden vergingen, bis er reagierte. Che Pibe grinste ihn spöttisch und überheblich an. Darauf beschloss El Potro zu erwidern: «Willst du mir mal erklären, warum du auf frech machst?» – «Ich muss gar nichts erklären. Weder dir noch irgendeinem anderen Scheißer, verstanden?»

Schon beim ersten Schrei rannten alle Häftlinge raus, um zu sehen, was los war. El Potro war klar, dass er sofort zuschlagen musste, wenn er nicht wie ein Feigling dastehen wollte. Er antwortete mit einem Faustschlag. Che Pibe wich aus und konterte mit einem weiteren, der El Potros Ohr streifte. Der schäumte vor Wut. Und fing an, auf sein Gegenüber einzuprügeln, um dessen Dreistigkeit zu sühnen. Aber Che Pibe kassierte nur Körperschläge; sein Gesicht schützte er geschickt. Er war dabei zu verlieren, aber er nahm die Niederlage nicht einfach hin.

Er wich zurück. Flüchtete sich in seine Zelle. Dort angekommen, verteidigte er sich nicht nur mit Fäusten, sondern auch mit Tritten, Stühlen und Bänken. Im Durcheinander fiel der Kocher um, ein Sack Reis platzte auf, ein weiterer mit Mehl. Kartoffeln und Orangen rollten umher und platzten auf. Das Paraffin lief aus.

Die Aufseher beschränkten sich darauf, unseren Gang abzusperren. Der Gefängnisdirektor und der Chef des Wachpersonals waren schon informiert. Sie warteten ruhig ab. «Je mehr Insassen sich gegenseitig umbringen, desto weniger Arbeit für uns.»

Die Schaulustigen drängten sich am Zelleneingang, verhinderten eine Flucht, zwangen die Kämpfenden, aufeinander einzudreschen, bis einer von ihnen endgültig besiegt war. Sie schlossen Wetten ab, machten Witze, drängelten sich vor, um besser sehen zu können, kommentierten das Geschehen mit lautem Geschrei, um diejenigen, die weiter hinten standen, auf dem Laufenden zu halten. So erfuhr ich, dass Che Pibe das Küchenmesser gezückt hatte. Ich bekam Angst. Hier richtete ein Typ eine Eisenklinge gegen El Potro. Das konnte nur böse ausgehen.

Die Gaffer in der ersten Reihe feuerten die Kämpfer an, forderten mehr Action. Während El Potro und Che Pibe sich duellierten, mit ihren Messern durch die Luft hieben, huschten die anderen in die Zelle hinein, schnappten sich ein paar Orangen, die über den Boden rollten, schälten sie und stopften sie sich in Mund, ohne dabei mit ihrem Geschrei aufzuhören. Die Zaungäste trieben den Tumult auf die Spitze, indem sie sich gegenseitig die Orangenscheiben aus den Händen rissen.

El Potro war dabei zu gewinnen! Er hatte Che Pibe am Arm verletzt. In mir wuchs eine große Zuversicht; die Lust darauf, ihn triumphieren zu sehen. Ich versuchte, dieses Gefühl zu unterdrücken. Es war unmöglich: Die anderen glaubten wohl, dass ich verzweifelt war und mich zwischen die beiden werfen würde. Und während ich mich vorzukämpfen versuchte, ging das Gemetzel weiter.

Ein paar Minuten vergingen. Ich bekam mit, dass El Potro verletzt war. Dann hörte ich zwei Schreie von Che Pibe. Kurz, wie erstickt. Und das Geräusch zu Boden stürzender Körper, die Holzgegenstände umwarfen. Ich verlor die Nerven und fing an, auf meine Mithäftlinge einzuschlagen. Stille breitete sich aus. Ich spürte, wie die Gruppe sich schweigend auflöste; ein Eindruck, der auch mich zwang, mich ruhig zu verhalten. Dann betrat ich mit den anderen die Zelle. El Potro hingen die Eingeweide aus dem Bauch, doch er lebte. Che Pibe war bereits tot. Beide lagen in einem großen Durcheinander aus Blut und Mehl.

Sie trugen El Potro zur Hauptwache, und die Leiche von Che Pibe wurde eingeschlossen in seiner Zelle. Vor seiner Tür, auf den abgewetzten Fliesen, begannen einige, Kerzen anzuzünden. Es gab keine Grüppchen mehr und auch keine Diskussionen. Einer seiner Lieblinge weinte eine Weile. Alle waren einer Meinung: Er war ein guter Kerl gewesen, aber zu jähzornig. Es war Schicksal, mehr nicht.

Journalisten erschienen. Der alte Angeber von Gefängnisdirektor platzte fast vor Wichtigkeit, als er ihnen die Story erzählte. Sie wollten den Toten fotografieren, bevor der Richter kam. Zuerst weigerte sich der Direktor, damit sie ihn für jemanden Respektvolles hielten, der die Gefängnisordnung einhielt. Dann aber, unter dem Vorwand, dass er viel Wert auf einen guten Kontakt zur Presse legte, öffnete er die Zelle, ließ sie alles anschauen und nach Lust und Laune herumknipsen.

Und dann kam der Einschluss. Das einsame Bett. Die Jungs versuchten, mich auf andere Gedanken zu bringen, bis sie der Schlaf übermannte. Danach lag ich mit offenen Augen, den Kopf voller Gedanken, in der Dunkelheit. Vielleicht dachte El Potro, schon frei von Schmerzen dank irgendeines

Medikaments, ja auch gerade an mich. Oder er schlief. Hatten sie ihm Blut übertragen? Ich war Blutgruppe B. Konnte ich damit helfen? Ich beschloss, den Tränen nicht nachzugeben. Ich wollte mich abhärten.

Nach zwei Tagen brachten sie ihn zurück auf unsere Krankenstation. «Das ist ein Zeichen dafür, dass es nicht so schlimm ist», tröstete ich mich. Ich versuchte, mich bei den Wärtern zu erkundigen. Die einen sagten, es ginge ihm besser; die anderen, dass Komplikationen aufgetreten seien. Sein Bruder kam zweimal die Woche, um nach ihm zu sehen. «Sie geben ihm Blutserum», teilten sie mir anderntags mit – und verweigerten mir anschließend die Genehmigung, ihn zu besuchen.

«Der Arzt ist über Nacht zu Hause, und dem Sanitäter ist es scheißegal, wenn die Leute sterben», erzählte mir einer, der die Krankenstation gut kannte. Manchmal fühlte ich mich verzweifelt, wie verloren, aber wenn ich mit irgendwem redete, verging das wieder.

Die Jungs in meiner Zelle verhielten sich in den ersten Tagen ruhig. Später warteten sie ein Weilchen, und wenn sie annahmen, dass ich bereits eingeschlafen war, fingen sie leise an. Ich wälzte mich im Bett hin und her. Ich dachte an Dany, den blonden Jungen mit den grünen Augen, der mit Che Pibe gegangen war und mich immer beobachtet hatte. Ich hatte ihn duschen sehen. Er war bartlos, muskulös, hatte Beine, die kräftig und geschmeidig waren, mit ein paar blonden Haaren, golden von der Sonne. Der Gedanke an seinen Körper machte mich fast wahnsinnig. Um mich abzuregen, drehte ich mich auf den Bauch und fing an, mich an der Matratze zu reiben. Trotzdem liebte ich El Potro keinen Deut weniger.

«El Potro möchte dich sehen», sagte ein Wärter zu mir und forderte mich auf, ihm zu folgen. Die Krankenstation lag am Eingang. Man musste an zwei Wachen vorbei. Auf dem Weg fuhr ich mir mit der Hand durchs Haar. Die Burschen, die den Hauptgang wischten, lächelten mir zu, was mir Mut machte. Nach siebzehn Tagen würde ich ihn endlich sehen. Würde es sehr schlimm sein? Ich hatte solche Angst, dass ich es nicht wagte, meine Schritte zu beschleunigen. In der Tür zum Krankenzimmer blieb ich stehen. Es gab zehn oder zwölf Patienten. El Potro lag ganz hinten, hörte Musik aus dem Transistorradio, das ihm sein Bruder mitgebracht hatte. Er war dünn, ausgezehrt, weißer noch als blass, sein dunkler Bart ein harter Kontrast zu seiner Haut. Wir gaben uns die Hand. «Wie geht es meinem Prinzen?», fragte er mich. «Gut», antwortete ich. Wir sahen einander an, voller Liebe und Schmerz. «Setz dich», sagte er. Und ich tat es, am Rande des Betts. Der Wärter ging. Ließ uns allein. Die anderen schauten voller Neugier und Neid zu uns rüber. Mit dieser Zudringlichkeit, die Kranken eigen ist.

Ich nahm seine Hand, und so blieben wir eine Weile, bis ich mich traute, ihn zu fragen, wie es ihm ging. «Ich hab Schmerzen und fühle mich manchmal ganz plötzlich so schwach, als müsste ich sterben. Seit Kurzem bekomme ich ständig Spritzen. Sie wollten mich ins José Joaquín Aguirre´ bringen, aber dann kamen zwei Ärzte und sagten, ich würde doch hierbleiben. Ich weiß nicht recht, was ich habe. Die Ärzte spielen die Geheimnisvollen. Ich glaube, es sind die Nieren, weil ich Probleme beim Pinkeln habe. Manchmal bringen Sie mir eine Bettpfanne, und das Einzige, was ich rausbringe, ist ein bisschen Blut. Hoffentlich wollen sie mich nicht nochmal aufschneiden, denn die Wunde vernarbt schon.

Ich würde dir gerne meinen Bauch zeigen, aber sie haben mich mit Verband eingewickelt wie ein Bündel.»

Er fragte mich nach den Jungs auf unserem Gang. Ich berichtete ihm die wenigen Neuigkeiten. Dann hob er die Matratze an und holte ein paar Zeitungsausschnitte hervor. «Schau mal, ich bin berühmt!» El Potros Foto stand auf der Titelseite unter der riesigen Schlagzeile «Ich hab ihn kaltgemacht, weil ich der Boss bin» und einer Geschichte über Che Pibes Tod. Sie schrieben über Orgien und Rache. Alles erfunden. El Potro kam allerdings gut weg. Als Teufelskerl, der vor niemandem Angst hatte. Und auf dem Foto lächelte er und wirkte jünger und war überhaupt sehr schmeichelhaft getroffen. «Nimm die Zeitung mit und sorg dafür, dass alle sie sehen. Danach bewahr sie auf. Sie ist eine Erinnerung.» Nach einer Weile kam der Wärter zurück. «Der Besuch ist beendet. Aber du hast die Erlaubnis vom Herrn Direktor, jeden Tag für eine Viertelstunde herzukommen.» El Potro lächelte. Er hatte mit seinem Antrag Erfolg gehabt.

«Morgen bekommst du eine Überraschung», sagte er zum Abschied. Und überließ mich meiner Spannung. Ich stellte mir alles Mögliche vor, aber nichts überzeugte mich so recht. Er darf vielleicht aufstehen, sagte ich mir. Aber eigentlich war offensichtlich, dass ihm dafür die Kraft fehlte.

Als ich ihn am folgenden Tag begrüßte, äußerst gespannt, aber so gut wie sicher, dass die Überraschung, die mich erwartete, schön sein würde, platzte ich fast vor lauter Neugier. El Potro bemerkte es und lachte allein darüber, mich so verwirrt zu sehen. Dann lüftete er seine Bettdecke, holte ein Paket hervor, das er darunter versteckt hatte. «Für dich!» sagte er. Es war ein großes Paket. Ich versuchte zu erraten, was drin war.

Aber besser, ich machte es gleich auf. Die Jacke! Die rote Jacke, die ich in dem Film gesehen hatte. Und sie war für mich! Ich sah sie mit einer Freude an, von der ich mich nicht entsinnen konnte, sie je zuvor gespürt zu haben. El Potro mochte mich wirklich sehr. Er hatte sein Leiden dazu benutzt, um seinem Bruder diesen Riesengefallen abzutrotzen. Und ich hatte ihm bis zu diesem Augenblick noch nie etwas mitgebracht. «Probier sie an!», sagte er, genauso glücklich und gerührt wie ich. Ich zog sie über. «Jetzt bist du wirklich ein Prinz! Junge, du siehst hübsch darin aus. Zieh sie nicht aus. Behalt sie an.» – «Danke!», sagte ich. Mehr bekam ich nicht heraus vor lauter Freude und Stolz. Was für ein Glück ich doch hatte, dass ich ihm vom ersten Tag an gefallen hatte! Ich wusste nicht, was ich sagen sollte. «Du musst schnell wieder gesund werden.» Was Besseres fiel mir nicht ein.

Die Jungs auf unserem Gang waren von der Jacke regelrecht geblendet. «Er muss dich wirklich sehr schätzen, um dir so ein Geschenk zu machen, wo es ihm doch immer noch nicht gut geht.» El Potros Zuneigung steigerte mein Renommee. Und die Jacke machte mich zum Star. Man betrachtete mich mit Respekt, mit echter Bewunderung. Dany ließ mich nicht mehr aus den Augen. Bis ich ihm eines Abends eine Zigarette anbot. Er holte Streichhölzer raus und gab mir Feuer. Wir unterhielten uns eine Weile. Über alles Mögliche. Nur um zusammen zu sein. Aber die anderen sahen zu uns rüber. Und bevor irgendwer Verdacht schöpfte, trennten wir uns. Letztendlich saß auch Dany wegen Totschlags. Wir hatten jede Menge Zeit vor uns.

In der Nacht wachte ich auf und überlegte, wie ich El Potro überraschen konnte. Aber Geld für ein Geschenk? Bei meinem

Vater war da nichts zu machen. Das stimmte mich missmutig. Er hätte sich geweigert, selbst wenn ich ihn mit Tränen in den Augen angefleht hätte. Ich beschloss, ihm beim nächsten Besuch zu sagen, er solle mich in Ruhe lassen; dass er nie wieder vorbeikommen sollte.

Ich suchte verzweifelt nach einer Lösung, als mir plötzlich ein Licht aufging: eine Clownspuppe! Wie die, die El Potro auf dem Jahrmarkt von Valparaíso gewonnen hatte, an den er sich so lebhaft erinnerte. Das einzige Problem war, ihr einen Kopf zu basteln.

Am nächsten Tag, ganz früh, gleich nach dem Aufwachen erzählte ich den Jungs von meinem Projekt. Sie waren bereit, mir zu helfen. Es ging darum, sich umzuhören, wer von den Häftlingen sich mit Spielzeug auskannte; genauer gesagt mit Puppen und Marionetten. Das Ganze war einfacher, als ich es mir vorgestellt hatte. Allerdings brauchte man für den Kopf Pappmaché, also feuchtes Zeitungspapier, und was weiß ich noch alles. Es würde ein paar Tage dauern. Erst dann konnte man die Masse nach Belieben formen und sie schön bemalen.

«Ich bastle dir einen hübsch lustigen und netten Kopf», sagte einer zu mir, der Lehrer gewesen war. Zuerst machte er eine Zeichnung. Und fing an, nach einem Gesicht zu suchen, das mir zusagte. Ich entschied mich für einen Clown mit traurigen Augen, großen Ohren, einer Stupsnase und einem riesigen Mund. Man sollte Lust bekommen, mit ihm zu reden; ihn zum Freund zu haben. Ich empfahl, ihm ein schön jugendliches Aussehen zu verleihen. Den Körper würden wir aus Lumpen herstellen. Und die Kleidung aus Stoffresten. Ich fragte hier und dort, und wie durch Zauberhand tauchten überall Fetzen auf, in allen Farben; einige wild gemustert und funkelnd. Jetzt hatten wir die Qual der Wahl. «Man kann ihm mehrere Anzüge machen. Das würde ihn zu einem äußerst eleganten Clown machen», schlug jemand begeistert vor. Die meisten waren von der Idee richtig angesteckt. Alle halfen. Schnitten zu und nähten. Unter Gelächter. Nur manchmal, wenn sie sich bei einem Detail uneinig waren, stritten sie und lieferten sich beinahe Schlägereien. So sehr lag ihnen das Geschenk am Herzen. Ich rieb mir vor Vorfreude die Hände.

Als der Kopf fertig war, gefiel er mir so gut, dass ich mich nicht mehr zurückhalten konnte und El Potro beim Besuch eine Ankündigung machte: «In ein paar Tagen wirst du von mir eine Überraschung bekommen.» Er benahm sich schlimmer als ein kleiner Junge. Wollte sofort wissen, worum es sich handelte. Er bettelte und bedrängte mich so sehr, dass ich beschloss, es ihm zu erzählen: «Es ist ein keiner Clown wie der, den du in Valparaíso gewonnen hast. Erinnerst du dich? Ein Clown, der dir zur Seite steht.» Und weil er so glücklich aussah, konnte ich auch die Details nicht mehr verschweigen. So erfuhr er, dass alle an seiner Puppe mitarbeiteten. An diesem Abend ließ ich ihn voller Stolz auf seine Freunde zurück. Lächelnd. Mit dem Gesicht eines verwöhnten Dreikäsehochs.

Wir hatten den Kopf und den Körper des kleinen Clowns gerade zusammengenäht, als ein Polizist eintrat.

«Ich komme, um die Kleider von Ricardo Alamos abzuholen.»

Wir waren wie erstarrt, verstanden nicht, witterten Unheil, dachten angestrengt nach. Das war der Name von El Potro. Stille machte sich breit. Ich wagte nicht, Fragen zu stellen. Wartete ab.

«Er ist heut Morgen gestorben. Sie haben ihn schon ins Leichenschauhaus überstellt. Wir müssen jetzt seine Kleidung abholen, um sie der Familie zu übergeben. Ich nehme an, dass er morgen oder übermorgen beerdigt wird.»

Ich sah nach draußen. Die Mittagssonne beschien den Eingang. Ich wollte rausrennen und schreien, damit es der ganze Gang erfuhr. Aber ich rührte mich nicht. «Warum erzählst du es nicht den Leuten?», bat ich einen Typen. Und begann, El Potros Kleider einzusammeln: eine dunkelgraue Hose, ein marineblaues Jackett, das er nie getragen hatte, schwarze Schuhe, Socken, weißes Hemd, Unterhose; jedes Teil war blitzsauber. Ich fragte, ob sie nur Kleidung brauchten, um ihn anzuziehen, oder alles mitnehmen wollten, was er besessen hatte. «Alles», lautete die Antwort. Und ich übergab ein paar Jeans, helle Hosen, zwei Pullover, mehrere Hemden und ein Paar Mokassins aus Wildleder.

«Auch die Bettwäsche gehörte ihm. Und dieses Bild der Madonna, ein Koffer, Geschirr und ein paar andere Sachen.»

«Wenn die Familie danach fragt, musst du es ihr aushändigen. Aber für den Augenblick genügt das hier.»

Er schnürte ein Bündel und ging. Ich ließ mich aufs Bett fallen, doch es wurde voll in der Zelle. Alle kamen, um mir ihr Beileid auszusprechen. Ich stand auf, um sie zu empfangen. Sie bildeten eine Schlange. Ich gab jedem Einzelnen die Hand, ohne zu weinen oder auch nur ein Wort zu sagen. Aber in meinem Innern stieg die Flut immer höher, ganz langsam. Bis plötzlich die Tränen aus mir herausströmten. Mit solcher Macht, dass ich zitterte. Trotzdem blieb ich stehen. Mit gesenktem Kopf. Manche umarmten mich. Ich hatte das Bedürfnis, die rote Jacke anzuziehen. Und in ihr weinte ich weiter und hörte die Aufforderungen, ich möge mich zusammenreißen.

Dany fand ein Stückchen schwarzen Stoff und heftete es mir an die Jacke. Dann tätschelte er meinen Arm und sah mich liebevoll an. Die Leute blieben den ganzen Nachmittag bei mir. Und kurz vor dem Einschluss gaben sie mir eine Flasche mit einem Rest Branntwein.

Als wir eingeschlossen waren, wussten die Jungs nicht, was sie noch zu mir sagen sollten. Wir teilten den Schnaps. Ich holte die Zeitungsausschnitte heraus, auf denen El Potro abgebildet war. Und während ich ihn auf dem Foto lächeln sah, stellte ich ihn mir auf einem Tisch aus Marmor vor, von den Ärzten seziert.

Ich hatte keine Ahnung, woran er gestorben war. Ich konnte auch nicht zu seiner Beerdigung gehen. Und wer wusste schon, wie viele Jahre vergehen würden, bis ich sein Grab kennenlernen würde?

Auf dem Bett lag der nackte kleine Clown. Sein schlaffer Körper aus Stoff schien verlassen. Ich holte den Anzug, den wir ihm am Morgen nicht mehr hatten überstreifen können, und begann, ihn anzukleiden.

MARIO LEBT HIER IMMER NOCH
EINE SPURENSUCHE
Nachwort von Florian Borchmeyer

«Doch ich konnte mir ungefähr zwanzig Fotografien beschaffen und ich habe sie mit gekautem Brotteig auf die Rückseite der kartonierten Gefängnisordnung geklebt, die an der Wand hängt. [...] Vielleicht hat sich ein Junge unter diese zwanzig verirrt, der nichts getan hat, um das Gefängnis zu verdienen: ein Boxer, ein Athlet. [...] Außerdem habe ich hier und dort Bilder ausgeschnitten, um sie mit einem Gefolge und einem Hofstaat zu umgeben: einen jungen mexikanischen Mestizen, einen Gaucho, einen kaukasischen Reiter von den bunten Umschlägen der Abenteuerromane, und aus den Romanen, die wir auf dem Rundgang von Hand zu Hand reichen, unbeholfene Zeichnungen, Profile von Zuhältern und Gangstern mit rauchendem Stummel, oder die Silhouette eines Verbrechers mit hartem Knüppel.»

Jean Genet, *Notre-Dame-des-Fleurs*

Obst, Porno und Gemüse

Ein vergilbter Schundroman, nur durch zwei Heftklammern gebunden. Ein schwules Erotikon aus einer Zeit, da dergleichen in Chile nur im Untergrund gedruckt werden konnte. Darauf in billigem Schwarzweißdruck ein muskulöser Deckblatt-Held, halbnackt hinter Gefängnisgittern, im Halbprofil den Blick ins Weite gerichtet, eine Zigarette zwischen den Lippen. Eine Figur, die scheinbar geradewegs der Galerie der Heftchen-Heroen entflohen ist, die Jean Genet den Erzähler seines Debüt-romans *Notre-Dame-des-Fleurs* als Gefährten an die Zellenwand hängen lässt. Eingeführt wird der Knast-Beau als der (auch in seinem Heimatland niemandem bekannte) «Schauspieler Miguel Ortiz», und der Text als Werk eines (nicht minder un-bekannten) Mario Cruz. Daneben als einzige bibliografische Angabe: «1. Auflage Januar 1972. 2. Auflage Mai 1972». Ein Publikationsort ist nicht genannt, ebenso wenig der Name eines Verlags. Offenbar wurde das Heft auf eigene Kosten als Selbst-publikation gedruckt: um es anonym auf dem Schwarzmarkt zu vertreiben, ohne dass ein Verantwortlicher für «Schmutz und Schund», «Verstoß gegen die guten Sitten» oder ähnliche zur Ahndung der Abweichung von der bürgerlichen Norm einst gern bemühte Tatbestände belangt werden könnte.

Zwischen fauligen Obst- und Gemüseresten, Pappkartons und Werbeflyern für Fitnessstudios, erotische Massagen und Wunderheiler leuchtete dieses Fundstück an einem Sommertag des Jahres 2010, als die zahllosen fliegenden Händler gerade ihre Stände abbauten, hervor aus dem müllübersäten Boden der Vega Central, des riesigen Lebensmittelmarkts in der Stadt-mitte von Santiago de Chile. Wie mag dieser aus der Zeit gefal-lene Porno, dies Relikt einer fernen Ära hier nur hingekommen sein? So fragte sich ein junger Passant, der das Heft dort liegen sah und, von lustvoller Neugier gepackt, aufhob, um es zu Hause zu erkunden.

Schon beim Überfliegen der ersten Seite wurde ihm dort klar, dass er sich getäuscht hatte. Was sich ihm hier präsentierte, war keine schlüpfrig-erotische *pulp fiction*, sondern ein literarisches Werk mit einem ganz eigenen und unverwechselbaren Ton: Momentaufnahme einer von Gewalt und versteckter Verletzlichkeit, Eifersucht und männlicher Erotik geprägten Gefängniswelt, die ihre Inspiration durch Genet – bis hin zur halbnackten Foto-Heldengalerie gleich in der Eingangsszene – durchscheinen lässt. Fern von dessen literarisch-phantasmagorischer Sprache bot das Buch aber zugleich eine hyperrealistische Milieustudie, die in ungeschönter Drastik und unter präziser Nachformung des chilenischen Knast-Argots ebenso die Brutalität des Gefängnisalltags wie die Sehnsucht nach Zärtlichkeit und den allgegenwärtigen Sex unter den Gefangenen erfahrbar macht. Ein Kosmos, aus dem jedes heterosexuelle Begehren so verschwunden zu sein scheint wie aus dem zwei Jahrzehnte später entstandenen *Bevor es Nacht wird* von Reinaldo Arenas. Einerseits wie ein Bekenntnis oder Augenzeugenbericht in erster Person gehalten, und doch aus einer fast brutal kaltblütigen Distanz zu den berichteten Erlebnissen beobachtet, die an den Habitus von Vernon Sullivan denken lässt, Boris Vians amerikanischem Pseudonym, das durch *Ich werde auf eure Gräber spucken* weltberühmt wurde. Dann wiederum macht die unsentimentale Kantigkeit von Sprache und Tonfall einer berührenden Liebesgeschichte mit tragischem Ende Platz, wo ein kleiner stoffgewordener Beweis der Zuneigung – ein handgefertigter Clown – als zartes Gegenbild zur «toxischen Männlichkeit» des Knast-Kosmos fungiert, als Symbol von Trost und Solidarität.

Aus der Distanz von vier Jahrzehnten entwickelt der Text zudem, ohne dass daraus je eine klare ideologische Tendenz abzulesen wäre, eine fast visionäre politische Luzidität. Betrachtet man die obrigkeitsstaatliche Arroganz und den Sadismus der prügelnden und vergewaltigenden Wächter, die bereits in Zeiten der Demokratie am Werke sind, möchte man sich die künftigen Folterknechte der Diktatur nicht gerne vorstellen. Und das Schlimmste: Es werden im Zweifelsfall die identischen Schergen sein. Sie haben bereits unter einer demokratischen Regierung, die eine neue Gesellschaft zu errichten versuchte, ihre Kapo-Mentalität ausgebildet. So als sei das Foltergefängnis aus Manuel Puigs nur vier Jahre später entstandenem Roman *Der Kuss der Spinnenfrau* hier bereits als «Schlangenei», wie Bergman es genannt hätte, angelegt.

Als der Finder nach atemloser Lektüre auf der letzten Seite angekommen war, stand für ihn ein Entschluss fest: Aus dem Fundstück aus den Abfällen des Gemüsemarktes sollte sein erster abendfüllender Spielfilm werden. Und nach jahrelangen Kämpfen wurde sein Traum Wirklichkeit.

In der Terminologie der Literaturwissenschaft gesprochen, scheint die Geschichte vom Schmuddelheft auf dem Gemüsemarkt ein typischer Fall des «Topos vom gefundenen Manuskript» zu sein: der seit den Ritterromanen gängigen fiktionalen Technik, den eigenen Text als Werk eines verschollenen Autors aus einer fremden Zeit oder fremden Kultur darzustellen. So wie Cervantes zu Beginn des Don Quixote behauptet, es handele sich um die Übersetzung der Handschrift eines arabischen Historikers, den es natürlich ebenso wenig gegeben hat wie Boris Vians afroamerikanisches Alter Ego Vernon Sullivan. Dennoch ist diese Anekdote real. Mit ihr beginnt die abenteuerliche Geschichte des chilenischen Spielfilms *Der Prinz*, der im August 2019 bei den Filmfestspielen von Venedig seine Weltpremiere feiern konnte. Der junge Buchfinder ist sein Regisseur Sebastián Muñoz, bis dahin vor allem bekannt als Szenenbildner und Art Director zahlreicher chilenischer Autorenfilme.

Vom Tag seines Fundes bis zur Aufführung des Filmes, mit dem er sich seinen Traum erfüllte, verging laut seinen eigenen Angaben fast ein Jahrzehnt der Hindernisse, Rückschläge, der mühsamen Finanzierung. Als schwierig erwies sich für das Vorhaben insbesondere, dass wirklich niemand, dem er sein Projekt vorstellte, den zugrunde liegenden Roman kannte. Glaubt man den Geschichtsschreibern der LGBTQ⁺-Kultur in Chile wie Augusto Sarocchi oder Óscar Contardo, hatte Muñoz etwas gefunden, das im Jahr 1972 noch gar nicht existierte, nicht existieren durfte: ein Buch, das gleichgeschlechtlichen Sex ohne Verbrämung und ohne gendervertauschende Chiffren zum Thema hat. In der in sexuellen Fragen strikt repressiven Gesellschaft Chiles waren Romane wie die von Genet, oder erst recht dessen einziger Film *Un chant d'amour*, der wie eine unmittelbare Inspirationsquelle von *Der Prinz* (Buch wie Verfilmung) wirkt, unvorstellbar. Doch auch etwa Puigs durch das Gefängnisszenario thematisch verwandter Roman *Der Kuss der Spinnenfrau* aus dem Nachbarland Argentinien konnte nur im Exil in Mexiko publiziert werden, nachdem der Autor wegen seines vorausgehenden Romans unter Morddrohungen 1973, also noch Jahre vor der dortigen Militärdiktatur, aus seinem Land fliehen musste. Als Gründungsfiguren der «literatura gay» in Chile werden in der Regel Pedro Lemebel und Francisco Casas bezeichnet, die zugleich als Performance-Künstler im Duo «Die Stuten der Apokalypse» («Las Yeguas del Apocalipsis») durch dissidentische Happenings und spektakuläre Störungen offizieller

Veranstaltungen erstmals offensiv die homosexuelle Identität ins Bewusstsein von Gesellschaft und Kulturbetrieb brachten. Das allerdings war erst in den späten 1980er Jahren, in den letzten Jahren der Pinochet-Diktatur, quasi auf der Schwelle zur Demokratie.

Einen chilenischen Roman der frühen 70er namens *Der Prinz* kennen die genannten Standardwerke mit Titeln wie *Erotik und Homosexualität in der chilenischen Erzählliteratur* oder *Eine Gay-Geschichte Chiles* nicht. Mehr noch: Wie intensiv man auch die endlosen Weiten der Web-Suchmaschinen durchforstet: Es findet sich, außer in Zusammenhang mit seiner Verfilmung, keinerlei Anhaltspunkt auf einen Roman namens *Der Prinz*. Bis zum heutigen Tag hat eine Verlagspublikation dieses Romans nachweislich nie stattgefunden – weder auf Spanisch noch in irgendeiner Übersetzung. Auch von einem chilenischen Autor namens Mario Cruz fehlt jede Spur.

Wer ist Mario Cruz?

Diese im Internet jederzeit überprüfbaren Tatsachen meine ich, als Verfasser des hier vorliegenden Nachworts, glaubwürdig bezeugen zu können. Bereits nach der ersten Sichtung der fertigen Schnittfassung von Sebastián Muñoz' Werk, noch lange vor seiner Uraufführung, packte mich die Neugier, mehr von diesem tollkühnen Autor zu erfahren. «Einen Schriftsteller dieses Namens gibt es in Chile nicht», sagten mir Freunde aus dem chilenischen Literaturbetrieb rundweg. «Sicherlich irgendein Pseudonym», meinten andere. Ein befreundeter Theatermacher mutmaßte sogar, ich suche nach einem Phantom an der Grenze zur Fiktion, und da er gerade an einer Bearbeitung von Bolaños Großwerk *2666* für ein deutsches Theater schrieb, ging er so weit, meine Suche mit der jener vier Philologen aus Bolaños Buch zu vergleichen, die verzweifelt nach einem deutschen Autor namens Benno von Archimboldi suchen, der immer weiter in der Ungreifbarkeit verschwindet, je intensiver sie nach ihm forschen.

Der erste «echte» schwule Roman Chiles – und niemand hat bislang von ihm gehört? Wie ist das möglich? Und vor allem: Wer ist sein Autor? Wer ist Mario Cruz?

An diesem Punkt angelangt, neigte ich bereits dazu, die Hypothese des «Topos vom gefundenen Manuskript» für die einzig plausible zu halten: Gestützt auf einen fiktiven schwulen Roman, den es real in der historischen Situation der 70er Jahre in Wirklichkeit gar nicht gegeben haben konnte, versucht ein Regisseur vielleicht, seinem eigenen Drehbuch die nötige Authentizität, eine Art von historischer *street credibility* zu verleihen – nicht anders als es auch die Autoren spanischer Ritterromane im Spätmittelalter taten.

Dann allerdings kam mir eine PDF-Fassung des Original-Heftes zu, das mir der deutsche Verleiher des Films mit Blick auf die hier nun vorliegende deutsche Übersetzung zuschickte. Kein Zweifel: Der Roman existierte. Und auch sein Autor. Auf der Heftrückseite war sogar ein Foto mit Lebenslauf abgedruckt. Andererseits: Wäre es nicht ausgerechnet einem hervorragenden Filmausstatter wie Muñoz zuzutrauen, ein solches vermeintliches Original einfach selbst herzustellen? Ja, hatte er nicht durch die ebenso faszinierende wie bedrückende Filmkulisse von *Der Prinz* schlagend bewiesen, dass sein Team und er in der Lage waren, eine seit einem halben Jahrhundert verschwundene Welt wieder authentisch ins Leben zu rufen? Hatte nicht auch Boris Vian, dem dieses

Handwerk denkbar fremd war, ein Original seines ersten Sullivan-Romans präsentiert, um sich vor Gericht gegen die Anklage der Pornografie und Anstiftung zur Gewalt zu verteidigen? Und war dies Original nicht in Wirklichkeit eine hastig-fehlerhafte Übersetzung des eigenen Romans ins Englische? Was nun, wenn niemand anderes als Muñoz selbst hinter dem Pseudonym Mario Cruz stünde, der uns alle in ein wildes metaliterarisches Versteckspiel verstrickt?

Dennoch sind einige Indizien in dieser haarsträubenden Fälscher-Story unstimmig. Einmal ein gewissermaßen «transmedial» künstlerisches. Auch wenn es dem Film großartig gelingt, die Welt des Romans visuell und atmosphärisch umzusetzen, und auch wenn er sich dabei weitgehend «werktreu» an die Erzählstruktur des Romans hält, die aus der Gefängniswelt heraus die Vorgeschichte des Protagonisten in Rückblenden rekonstruiert, nimmt sich der Regisseur einige Freiheiten gegenüber dem Text heraus. So etwa ist die zweite Hauptfigur, El Potro, im Buch signifikant jünger als die Rolle im Film, für die Muñoz den vermutlich bedeutendsten lebenden Schauspieler Chiles gewonnen hat, Alfredo Castro, der mit seinem *Teatro de la memoria* seit den späten Pinochet-Jahren die chilenischen Bühnen geprägt hat und seit den Filmen von Pablo Larraín zu so etwas wie dem internationalen Gesicht des chilenischen Kinos geworden ist. Wozu also sollte sich Muñoz ohne Not der Kritik aussetzen, Alfredo Castro nicht dem Roman entsprechend besetzt zu haben, für eine Figur, die laut dem Text «so um die dreißig» ist? Warum hätte er die im Film so präsente Figur eines Katers namens Platon, um den sich El Potro und seine Mithäftlinge in anrührender Weise sorgen, in einer von ihm selbst geschriebenen Romanfassung einfach nicht vorkommen lassen? Und warum schließlich hätte er ausgerechnet die Figur Salvador Allendes, mit dessen hoffnungsvoller erster Rede als Präsident der Film endet, einfach aus dem Roman ausgeschlossen? All das weist vielmehr darauf hin, dass hier ein heutiger Regisseur einen Roman, der zwar auf dem Höhepunkt von Allendes Präsidentschaft entstanden ist, aber keinerlei expliziten Verweis auf die Datierung seiner Handlung enthält, sowohl historisch als auch politisch zu kontextualisieren sucht.

Mehr noch als ein solcher Vergleich von Buch und Film allerdings passte ein weiterer Faktor nicht ins Bild des fiktiven Autors Mario Cruz: dessen Biografie. Wer sich ein Alter Ego schafft, sehnt sich doch, wie Vian es mit seinem Gossen-Double Sullivan tat, nach der Schaffung einer plakativen Kunstfigur. Der Lebenslauf ohne Geburtsjahr von Mario Cruz, der auf der Rückseite des Romanhefts unter einem bübchenhaften Gesicht des Autors zu finden ist, besitzt nichts davon:

1961 begann er als Kritiker und Theaterredakteur in der Zeitschrift *Ecran*; wenige Monate später verfasste er Interviews und Reportagen für die Sonntagsbeilage von *El Mercurio*. In beiden Publikationen arbeitete er für drei Jahre. 1966 wechselte er zu *Flash* als Reporter für Politik und Polizeiberichte und arbeitete gleichzeitig in der Zeitschrift *Ritmo*. Von 1968 bis 1970 schrieb er für die Fernsehzeitschriften *Teleguía* und *Telecran* und schrieb gelegentlich für *Vea*. Schließlich, und zwar ein Jahr lang, schrieb er Reportagen und Filmkritiken für die Sonntagsbeilage von *La Tercera*. Er ist Autor mehrerer Theaterstücke zu jugendlichen Figuren und Problemen;

drei davon verlegt beim Theaterinstitut der Universidad de Chile. 1963 war er Stipendiat der dritten Schreibwerkstatt der Universität von Concepción.

Ein unaufgeführter Dramatiker, der von der Kunst nicht leben kann und sich daher als Kolumnist auf Zeilenhonorarbasis verdingt, mit einem Spektrum von, um es mit hiesigen Publikationen zu vergleichen, *Hörzu* und *Gala* bis *Theater heute*, und der in seiner Freizeit Creative-Writing-Workshops besucht: Diese Biografie ist so unglamourös prekär, dass sie eigentlich echt sein muss. Ob es der Name Mario Cruz nun ist oder nicht.

Grillen und anderes Viehzeug

Fündig wurde ich schließlich im digitalen Archiv der Chilenischen Nationalbibliothek. Dort kamen, firmiert von einem Mario Cruz, Theaterkritiken aus der Kino- und Theaterzeitschrift *Ecran* aus den 60er Jahren sowie ganzseitige Porträts von chilenischen Dramatikern wie Fernando Cuadra und Daniel de la Vega aus der Tageszeitung *El Mercurio* zum Vorschein. In den 70er Jahren schließlich scheint auch ein literarischer Schriftsteller namens Mario Cruz Gestalt anzunehmen. Im Februar 1974 – fünf Monate nach Pinochets Putsch – berichtet die Tageszeitung *La Patria* (*Das Vaterland*, dem Zeitgeist angepasster Name der Zeitung *La Nación* nach Austausch der Redaktion durch das Militär) von der Gründung einer neuen Theatergruppe namens «Los Grillos» – «Die Grillen» durch einen «Mario Cruz, Ex-Journalist, der nun zum Schauspieler und Theaterimpresario geworden ist», wie es in der Meldung heißt. «Um weiter einen auf Tiere und kleines Viehzeug zu machen, habe ich die Gruppe auf diesen Namen getauft, und auch, weil sie am Abend singen», wird Cruz angeführt. Erste Produktion der Gruppe: *Der verletzte Sklave* (*El siervo herido*) aus Cruz' eigener Feder. Ein Akt. Spielzeit: 1 Stunde und 20 Minuten. Eine Art Kain-und-Abel-Geschichte unter zwei halbwüchsigen Brüdern, laut Autor eine exemplarische Variation über ein Zitat von Albert Camus: «Wie hart, wie bitter ist es, ein Mensch zu werden» (*Caligula*). Auf der Bühne: der Autor, Theaterleiter, Regisseur und Hauptdarsteller in Personalunion, an der Seite des Schauspielers Miguel Ortiz.

Unter der Notiz ein Foto der beiden Künstler. Kein Zweifel: Bei dem Autor, breitbeinig vor einer mit Azulejos gekachelten Terrassenbrüstung in einem Garten sitzend, in weißem Hemd, die Ärmel halb hochgekrempelt, handelt es sich um den Autor auf dem Buchdeckel von *Der Prinz*. Der neben ihm stehende Miguel Ortiz, auf die Brüstung gelehnt, das identische Hemd ebenso hochgekrempelt, den Blick in der Ferne schweifend, ist niemand anderes als der nackte rauchende Gefangene der Titelseite von *Der Prinz*.

Nach diesem vielversprechend klingendem Debütwerk ist fast ein Jahrzehnt keine Spur mehr von den «Grillen» zu finden. Dann in den frühen 80er Jahren ein Bericht über die Urauf- führung des Stücks *Der Tod des Johnny Blue* von Mario Cruz auf der Kulturseite der Tageszeitung *El Sur* («Der Süden») aus Concepción, Provinzhauptstadt von Bío-Bío. In der Haupt- rolle: wiederum Miguel Ortiz. Unter dem langen Artikel ein Foto der beiden Künstler, beide in eleganten Dreiteilern mit Krawatte. Aus dem milchgesichtigen Bübchen des Heftes ist ein eleganter Intellektueller mit feinen, interessanten Gesichts- zügen geworden. Eigentlich stamme Teatro Los Grillos aus Santiago, doch: «Die Premiere findet in dieser Stadt statt, weil die Gruppe in Santiago keinen Spielort hat». Das Stück handelt von den letzten Stunden eines alternden, abgehalfterten Crooners, der sich dafür, wie alle Bühnenhelden seiner Zeit, in längst aus der Mode gefallener Manier ein englischsprachiges Pseudonym gegeben hat und damit, so Cruz, «antrat, der chilenische Elvis Presley zu werden». Nach einer kurzen Karriere auf den Titelseiten der Boulevardmedien erwartete ihn ein langes Elend in drittklassigen Spelunken an der Seite seines homosexuellen Managers, schließlich ein einsamer, verbitterter Tod.

Cruz betont, das Stück sei auch eine Kritik der Massenmedien, denen er aus diesem Grund auch den Rücken gekehrt habe: «Sie bauen falsche Idole auf und machen uns damit zu Komplizen». Diesem Mechanismus widersetze sich sein Held, selbst nachdem die Medien ihn fallengelassen haben: «Er krallt sich an seinen Hochmut fest, bis zum Ende; hält sich weiter für ein Idol, obwohl er es nicht mehr ist und nie wieder sein wird.» Dabei macht Cruz aus seiner tiefen Empathie mit seinem Helden keinen Hehl. Man könnte fast glauben, es handle sich um eine Art Selbstporträt des Künstlers als alter Mann. Allerdings gibt es einen entscheidenden Unterschied: Er selbst hege einen gewissen «Neid gegenüber Figuren, die bewundert und applaudiert werden» wie Johnny Blue.

Keine Frage: Mario Cruz hat nie die Titelseite eines Boulevardblatts geschmückt. Anders als sein Held ist er nicht in die Marginalität herabgesunken. Er hat sie vielmehr nie verlassen, scheint sie fast systematisch gesucht zu haben. Wie aus den wenigen Artikeln, die ihnen überhaupt gewidmet wurden, zu erraten ist, waren die «Grillen» Cruz und Ortiz nicht nur die Hauptdarsteller, sondern bildeten zugleich die gesamte Belegschaft des Theaterunternehmens. Und sie hielten es ein Jahrzehnt lang in ungebrochener Loyalität zueinander und zur Kunst am Rande des Existenzminimums aufrecht. Zeitgleich zu *Johnny Blue* tourten sie, in identischer Besetzung und abwechselnden Vorstellungen, mit einem Kinderstück namens *Peter und der Teufel*, um an einem Ort verschiedene Zuschauergruppen anzusprechen. «Das Teatro Los Grillos ist eine Gruppe, die sich selbst finanziert», lesen wir in *El Sur*. «Dafür müssen sie hart arbeiten, aber sie schaffen es. Zu diesem Zweck haben sie, wie viele andere Gruppen auch, das Ensemble auf zwei, maximal drei Schauspieler beschränkt und gelangen so zu einem direkteren Theater, bei dem nicht so sehr die Anekdote zählt wie das Schürfen in grundsätzlichen Fragen». Nur dadurch gelange man an die Zuschauerschaft, die man eigentlich ansprechen wolle: nämlich «eine, die immer in der Minderheit sein wird». – «Das breite Publikum», so Cruz, «will Unterhaltung. Es möchte nicht ins Theater gehen, um zu denken. Der Intellektuelle schon. Für ihn ist das Theater eine große Befragung der *conditio humana*».

Nicht ausgesprochen wird hier, dass die wie eine heroische Adelung vorgestellte «Selbstfinanzierung» im Klartext den Namen Selbstausbeutung und Armut trägt. Und dass dieses Elend der Künstler in Chile einen Namen hat: Augusto Pinochet. Wie auch bei seinen heutigen Wiedergängern und Verehrern wie Jair Bolsonaro gehörte zu den ersten Amtsakten des Diktators die Streichung sämtlicher Kulturförderungen, die, treu den neoliberalen Chicagoer Verfassern seines Wirtschaftsprogramms, nur eine Wettbewerbsverzerrung darstellten. Wie jede andere Industrie musste Kultur sich auf dem Markt selbst tragen. Fast alle namhaften Künstler verließen daraufhin das Land oder gingen in den Widerstand. Was brachte Cruz und

Ortiz auf die irrwitzige Idee, in genau dieser Situation im Land eine unabhängige Theatergruppe zu gründen und gegen alle Widrigkeiten zu betreiben?

Bis zur Mitte der 80er lässt sich aus vereinzelten Kritiken die Spur von Los Grillos nachverfolgen. Am Ende tourte Mario Cruz auch mit Bioplays über große Stars des chilenischen Kulturlebens: *La loica y el nortino* (zu deutsch etwa: *Das Rotkehlchen und das Nordlicht*) über die legendäre Folklore-Sängerin Violeta Parra, Autorin des Welthits «Gracias a la vida». *Pablo y Alica son novios* (*Alicia und Pablo sind ein Paar*), skandalträchtiges Porträt einer lange vertuschten inzestuösen Liebesbeziehung des Nobelpreisträgers Pablo Neruda mit seiner über 50 Jahre jüngeren Nichte, auch in Buchform ohne Orts- und Jahresangabe publiziert von einem obskuren Verlag namens «Gesellschaft der Grauen Füchse», der außer diesem Text nie ein Buch verlegt hat. Trotz der Prominenz beider Figuren war den Stücken der wirtschaftliche Misserfolg vorherbestimmt. Nicht nur, dass die Protagonisten bekennende Kommunisten waren, was unter der Pinochet-Diktatur nicht unbedingt ein Bonus war. Durch die Beleuchtung ihrer menschlichen Schwächen und Abgründe waren die Stücke zugleich höchst unbequem für den Widerstand und das Exil, die Parra und Neruda als Helden der Linken für sich reklamierten. Warum setzte sich Cruz in solch kamikazehafter Weise zwischen alle Stühle? Und was wurde aus ihm? Etwa vor dreieinhalb Jahrzehnten verschwindet seine Spur endgültig im Nebel. Weder Artikel noch Stücke sind seither unter seinem Namen zu finden. Ist er vielleicht einfach gestorben? Ein Puzzlespiel, dessen Teile partout nicht ineinanderpassen wollen.

Schließlich stieß ich eher beiläufig auf eine Notiz aus den

frühen 2010er Jahren, dass die Regisseurin Alicia Scherson aus dem Romanstoff eines Autors namens Mario Cruz gerade einen Film entwickle und dafür Filmförderungen beantrage. Da ich sie zufällig persönlich kenne, schrieb ich ihr eine Textnachricht, in der ich sie fragte, ob sie wisse, wer der Autor Mario Cruz sei. Die Antwort kam prompt: «Ja. Aber diese Geschichte ist so komplex, dass ich sie dir unmöglich per SMS erzählen kann.» Zugleich schickte sie mir die Telefonnummer von Sebastián Muñoz, dem Regisseur des Films *Der Prinz*, als direkte Informationsquelle.

Was ich in der Folge nach bestem Wissen wiederzugeben versuche, sind Informationen, die mir in langen Telefonaten mit Alicia Scherson und Sebastián Muñoz berichtet wurden – ohne dass ich dafür garantieren kann, dass sie richtig sind und ich sie richtig verstanden habe. Am Anfang stand die Episode vom Fund des Originals von *Der Prinz*, die sich in dieser oder ähnlicher Form wirklich ereignet hat. Von der Idee begeistert, aus diesem schwulen Text aus der Zeit vor der Diktatur einen Film zu machen, bat Muñoz seine Kollegin Scherson, deren sämtliche Filme er ausgestattet hatte, als Produzentin seinen ersten eigenen Spielfilm zu entwickeln. Erster Schritt: die Rechte für die Verfilmung einzuholen. Obwohl als Produzentin weitgehend unerfahren, wollte Scherson ihrem langjährigen Wegbegleiter diesen Wunsch nicht abschlagen. Doch wie soll das gehen bei einem Buch, das keinen Verlag und keinen identifizierbaren Autor hat? Als Ausgangspunkt ihrer Recherchen dienten allein die wenigen Informationen aus der Rückseiten-Biografie. Alicias besondere Aufmerksamkeit erregte die Erwähnung der drei vom Theaterinstitut der Universidad de Chile gedruckten Stücke. Im Katalog der Institutsbibliothek wurde sie tatsächlich fündig. Fast ungläubig staunend teilte der Bibliothekar ihr bei der Ausleihe mit: «Ist Ihnen klar, dass Sie die erste Leserin sind, die diese Bücher in all den Jahrzehnte konsultiert hat? Sehen Sie: Kein einziger Leihstempel!»

Aber auch kein Kontakt, keine weitere Information zum Autor. Lediglich das jüngste der archivierten Stücke verriet im Klappentext ein neues, relevantes Detail: Mario Cruz arbeite als Sekretär einer Gesellschaft für Theaterautorenrechte namens SATCH. Zur Einholung von Aufführungsrechten war deren Telefonnummer angegeben. Von dieser Verwertungsgesellschaft hatte Alicia noch nie gehört und zweifelte, dass sie die Jahre der Diktatur überlebt hatte. Eher aus Neugier denn aus Hoffnung auf Erfolg wählte sie die angegebene Festnetznummer aus dem Zentrum von Santiago.

Ein Holzhaus in der Zisterne

Es meldet sich die Zentrale der SATCH. Ein ehemaliger Mitarbeiter namens Mario Cruz ist dort nicht bekannt. Erst nach genauerer Forschung in den Archiven der Gesellschaft kommt zum Vorschein, dass es sich dabei um ein Pseudonym handelt. Hinter dem unscheinbaren *nom de plume* verbirgt sich aber ein ebenso unscheinbarer Klarname, der zugleich so unbekannt ist, dass es sich gar nicht lohnen würde, ihn hier zu enthüllen. Kein berühmter Autor, der seine Identität verschleiern wollte, sondern eine bloße Mode der Zeit. Auch die beiden chilenischen Nobelpreisträger Gabriela Mistral und Pablo Neruda hießen ja eigentlich Lucila Godoy und Ricardo Reyes. In der Tat, so kann ein altgedienter Mitarbeiter informieren, hat Cruz vor vielen Jahren dort gearbeitet und dann, wohl im Unfrieden mit der Direktion, seinen Posten geräumt. Da er vor einigen Monaten auf der Straße gesichtet worden sei, könne er auch noch am Leben sein. Telefonnummer: nicht vorhanden. Als Kontakt hinterlegt findet sich lediglich eine mehrere Jahrzehnte alte Adresse in La Cisterna, der «Zisterne», einer Gemeinde in der südlichen Peripherie von Santiago.

An einem Samstagvormittag des Jahres 2010 machen sich der Regisseur und seine Produzentin auf den Weg nach La Cisterna. Es ist eine von Arbeitern und unterer Mittelschicht bewohnte Zone etwa 12 Kilometer vom Zentrum Santiagos entfernt, trotz einiger Neubauviertel seit Längerem besonders von Rentnern bewohnt. Junge Menschen sind in attraktivere Teile der Stadt gezogen. Das Haus unter der genannten Adresse gehört noch zu den alten. Es ist ganz aus Holz gezimmert und steht schon weit über ein halbes Jahrhundert dort. Sie klopfen an. Es öffnet ihnen ein alter Herr, bereits weit über siebzig, für einen Vormittag am Wochenende auffällig elegant, sehr klein an Statur, mit sehr weißem Teint, und, so Sebastián Muñoz, «mit markanten Zügen, äußerst männlich, nicht ‹typisch queer›. Eher wie eine Art chilenischer Pasolini». Auf die Frage, ob hier ein Mario Cruz bekannt sei, blickt er sie überrascht und misstrauisch an: «Das bin ich.»

Er bittet sie einzutreten. Alicia und Sebastián folgen ihm ins Wohnzimmer. Von einem Schallplattenspieler tönt eine kratzige LP, Teil einer gewaltigen Plattensammlung mit alten argentinischen Tangos. Trotz der Rustikalität der Holzarchitektur ist der Raum sorgfältig gepflegt und mit wenigen Möbeln in einem besonderen und persönlichen Stil eingerichtet. Die Besucher legen den Grund ihres Besuches dar: die Rechte für die Filmadaption des Romans *Der Prinz*. Mario Cruz ist erfreut und geschmeichelt, gleichzeitig aber auch besorgt. Er selbst arbeite gerade daran, sein Buch zu verfilmen, und auch seine Theaterstücke. Auf die vorsichtige Frage, wo und mit wem er das denn vorhabe, entgegnet er entschieden: «Hier, bei mir zu Hause. Ich werde das alles selbst machen. Schreiben, drehen, schneiden.»

Hier wollen die beiden Besucher natürlich Marios eigene Geschichte erfahren – und die seines Romans *Der Prinz*. Ist es sein einziges Werk in Prosa geblieben? Mario berichtet ihnen von seiner Jugend in einer kleinbürgerlichen Familie aus der Vorstadt, vielleicht nicht unähnlich der seines Romanhelden. Von seiner ersten Karriere als Journalist in den 60er Jahren, seinem Eintauchen in die Künstlerbohème von Santiago, wo er mit den großen Figuren des Kulturlebens zusammentraf, wie auch Violetta Parra, der Heldin seines späteren Stücks, vor ihrem frühen Selbstmord 1967. «Una loca borracha» – «eine besoffene Schlampe», so Mario in jähem Kontrast zur heiligenhaften Verehrung, die Parra in Chile sonst erfährt. In dieser Zeit lernte Mario den jungen Bauarbeiter Miguel Ortiz kennen. Sie verliebten sich ineinander. Doch Miguel war verheiratet und hatte Kinder. So folgte eine lange Zeit des Doppellebens. Keiner von beiden outete sich. Miguel blieb bei seiner Frau und hielt die Fassade des Familienvaters aufrecht. Ihre Liebe lebten sie versteckt, trafen sich im Hotel oder heimlich bei Mario zu Hause. Und entwickelten den Traum, gemeinsam als künstlerisches Duo in die Öffentlichkeit zu treten. Mario brachte Miguel die Grundlagen von Theater und Schauspiel bei, unternahm selbst seine ersten Versuche als Dramatiker. Zunächst ohne jeden Erfolg.

Eines Tages unternahm er im Auftrag einer Tageszeitung eine Recherche in einer Haftanstalt auf dem Land, aus der eine Knast-Reportage werden sollte. Ihn faszinierte dieser Kosmos, in dem, wie damals in Chile üblich, die Gefangenen auf engstem Raum zusammenlebten, auf Selbstbeschaffung von Lebensmitteln und gemeinsames Kochen angewiesen, aber zugleich mit einer gewissen Freiheit, sich von Zelle zu Zelle zu bewegen, gemeinsam zu duschen, Kinovorstellungen zu besuchen. Überall in dieser durch und durch männlichen Welt herrschte eine intensive erotische Spannung zwischen den Gefangenen. Die hier entstandene Reportage fand unter Lesern reißenden Absatz. Das brachte Mario auf eine Idee: daraus einen Roman zu machen, der ähnlich gut beim Publikum ankommt, ihm Geld bringt und zugleich den Durchbruch als Schriftsteller. «Was verkauft sich gut? Stories aus dem Knast und Stories über Schwule. Also schrieb ich eine schwule Knaststory.»

Eine tragische Illusion. Als das Manuskript von *Der Prinz* fertig war, legte Mario es bei allen namhaften Literaturverlagen vor. Mit spitzen Fingern reichten sie ihm das Manuskript zurück. Undenkbar, so etwas zu verlegen. Dann wurde er bei den Kulturinstitutionen von Allendes jüngst an die Macht gekommener Unidad Popular vorstellig. Auch dort wies man ihn ab. Schilderungen von Unterentwicklung und Menschenrechtsverletzungen in chilenischen Knästen waren vermutlich nicht unbedingt das Bild, das man von einem Moment des gesellschaftlichen Aufbruchs zeichnen wollte. Noch dazu mit lumpenproletarischen Hauptfiguren, triebgesteuert und ohne jedes Klassenbewusstsein. Geschichten über Arbeiter seien das Gebot des Augenblicks. Nicht so für Mario Cruz: «Arbeiter interessierten mich nicht. Es interessierte mich nur, wenn ein Arbeiter sich in einen anderen Arbeiter verliebte.»

Nur brachten schwule Liebesgeschichten den Klassenkampf nicht voran. Beistand erhielt Mario daher einzig und allein von dem schillernd unorthodoxen Sozialaktivisten Clotaro Blest, gleichzeitig radikaler Marxist-Leninist und bekennender Katholik aus dem Umfeld der Befreiungstheologie, der sich zu dieser Zeit mit der von ihm gegründeten linksrevolutionären Partei MIR (Movimiento de Izquierda Revolucionaria) bewusst einer Teilnahme an Allendes Regierung enthielt, weil er einen Sozialismus auf bürgerlich-parlamentarischem Weg für zum Scheitern verurteilt hielt. Blest hatte sich jenseits seiner Arbeit als langjähriger Gewerkschaftsführer stets für sozial margina- lisierte Gruppen wie Obdachlose eingesetzt und unterstützte auch mittellose Schriftsteller. Aus der Kasse seiner Partei konnte er ein kleines Budget zur Verfügung stellen, das eine Publika- tion von *Der Prinz* in einer Auflage von 1.000 Exemplaren im Selbstverlag ermöglichen sollte. Doch selbst mit den gedruck- ten Exemplaren in der Hand konnte Mario nicht einen einzi- gen Buchhändler dazu bewegen, diesen vermeintlichen Schund- roman in ihren Bestand aufzunehmen. Kurz: Im Chile des Jahres 1972 schien dieses Buch unverkäuflich.

Als er die Hoffnung schon fast aufgegeben hatte, fand Mario Unterstützung des Dramatikers Juan Radrigán, der zu dieser Zeit eine Initiative für unveröffentlichte Autoren an- führte und einen literarischen Kiosk betrieb, an dem er auch seine eigenen ersten Werke verkaufte. Er erklärte sich bereit, die Auflage von *Der Prinz* auf Kommission an seinem Stand zu verkaufen. Binnen kürzester Zeit wurde das Heft eine Art Renner im gegenkulturellen Untergrund und in der Schwu- lenszene. Die erste Auflage war im Nu verkauft, eine zweite wurde nachgedruckt, nun mit einem anderen Titelfoto, und auch an anderen Kiosken vertrieben. In kaum einem Jahr erlebte das Heft fünf Auflagen zu je 1.000 Stück. Doch dann putschte am 11. September 1973 das Militär und der subversive Kiosk musste vorübergehend schließen.

Wie verhielt sich Mario Cruz in dieser Lage? Tauchte er ab, wie die Mehrzahl seiner Kollegen? Versuchte er zu fliehen? «Nein. Genau das Gegenteil.»

Wenige Tage nach der Machtübernahme durch die Junta ergatterte er eines der wenigen Exemplare, die ihm selbst noch blieben, weil mittlerweile einer der anderen Kioskbetreiber die Reste der 5. Auflage unterschlagen hatte und ihre Herausgabe verweigerte. Mit dem Heft in der Hand wurde er im Büro der Militärverwaltung vorstellig. Seine Mission: die neuen Machthaber davon zu überzeugen, seinem Werk, das von der Allende-Regierung zensiert und am Erscheinen gehindert wurde, nun die verdiente erste Auflage in einem echten Literaturverlag zukommen zu lassen. Als vom linken Establishment unterdrückte Stimme der neuen Generation.

«Und wie haben die Militärs reagiert?»

«Sie haben mir gesagt, ich solle mich zum Teufel scheren. Und mir gedroht. Ich solle mich unterstehen, je noch einmal wiederzukommen».

Die Tunten wollen heiraten

Ein Moment des sprachlosen Schweigens kehrt in Marios Holzhaus ein. Warum setzt ein schwuler Autor seine Hoffnung in eine Junta erkennbar faschistischer Tendenz, mit Rückhalt in den reaktionärsten Kreisen und engster Verbindung zum Opus Dei? Ausgerechnet eine Clique extremistischer Reaktionäre, deren lebendes Feindbild er darstellt und deren repressives Bild von Sexualität und Familie in Chile bis heute nachwirkt, u. a. durch eines der schärfsten Abtreibungsverbote der Welt, soll eine Lanze für die erste Publikation eines schwulen Romans brechen? Von Mario Cruz erhalten Alicia und Sebastián keine wirklich nachvollziehbare Begründung für dies paradoxe Verhalten. Hauptmotivation scheint ein tiefsitzendes Ressentiment gegen Allende und die Undidad Popular.

Begreifbarer wird dies angesichts der offen homophoben Tendenzen in der Unidad Popular. Wenn in Europa zumindest vordergründig im Zuge des Mai '68 Studenten, Arbeiter und die entstehende LGBTQ*-Bewegung gemeinsam auf die Straße gingen (auch wenn auch hier, wie Didier Eribon in *Rückkehr nach Reims* eindrücklich beschreibt, eine Existenz als schwuler Trotzkist eine Art Schizophrenie darstellte, weil beide Welten keinerlei Kontaktpunkte besaßen), hatte ein Gedanke wie Gay Pride in der lateinamerikanischen Linken, die sich strikt als Arbeiterbewegung betrachtete, kaum einen Platz. Ihre Doktrin war der «Machismo-Leninismo». Während Fidel Castro seinen Amtskollegen einen langen Besuch abstattete, richtete er zu Hause in Kuba unter dem Decknamen «Militärische Produktionshilfeeinheiten» mit Stacheldraht umzäunte Internierungs- und Umerziehungslager für Homosexuelle ein. Der Arzt Salvador Allende befand in seiner Doktorarbeit aus dem Jahre 1933: «Der organische Homosexuelle ist ein Kranker und muss daher als solcher behandelt werden.» Er leide an einer «endokrinen Sexualstörung», die in erfolgreichen ersten Operationen, bei denen Teile männlicher Hoden in den geöffneten Unterleib des Patienten eingesetzt wurden, geheilt werden konnte.

Auch wenn daraus mehr der Zeitgeist spricht als die von dem Berliner Exilchilenen Victor Farías durch eine böswillige

Verbiegung von Zitaten herbeifrisierte These, dass Allende ein verkappter Nazi gewesen sei; und auch wenn Allende damit gewissermaßen fortschrittlich sein wollte, indem er Homosexuelle als heilbare Kranke vor strafrechtlicher Verfolgung als perverse Triebtäter in Schutz nehmen wollte: Anerkennung für sexuelle Diversität und Solidarität mit emanzipatorischen Bewegungen jenseits des Klassenkampfes klingt anders. Als Allende schließlich Präsident wurde, betrieb im Gegenteil besonders die linke Presse wie das regierungstreue Organ *Puro Chile* homophobe Hetze, mit Skandalberichten über – namentlich auf der Titelseite denunzierte – «kriminelle Schwuchteln». Nach einem homophob motivierten Mord an einem Musiker im März 1971 titelte das Blatt: «Schießen Sie auf die Schwuchtel am Klavier!» Und als 1973, noch unter Allendes Präsidentschaft, bei der ersten queeren Demonstration in der Geschichte Chiles eine Gruppe Schwuler und Trans-Menschen, insbesondere aus dem Gebiet der Sexarbeit, in Santiago gegen homophobe Diskriminierung und Gewalt auf die Straße gingen, bis sie von der Polizei auseinandergeprügelt wurden, ging ein Aufschrei durch die gesamte Presse. «Die Tunten wollen heiraten!», entrüstete sich die Zeitschrift *Vea*, einer von Cruz' Hauptauftraggebern, und die stramm linke Tageszeitung *Clarín* (Wahlspruch: «Fest an der Seite des Volkes») textete: «Ekelerregendes Spektakel! Schwuletten stellen ihre sexuelle Abartigkeit öffentlich aus. Wo bleibt die Polizei?» Empört wetterte das Blatt gegen «diese aufmerksamkeitsgeilen Sodomiten, wildgewordenen Stuten und irren Schlampen». Fazit: «Ein alter Herr merkte zurecht an: Am besten wäre es, ein Streichholz zu nehmen und sie alle abzufackeln.»

Wie Óscar Contardo in seiner *Gay-Geschichte Chiles* zurecht bemerkt, war dieser bis zu offenen Mordaufrufen reichende Hass «Ausdruck einer Kultur der Linken, die als ihre gefährlichsten Gegner die Anhänger der Rechten und die Homosexuellen ausgemacht hatte.» Dass ein homosexueller Autor, der seinen eigenen Lebensunterhalt bei diesen Medien verdiente und dergleichen homophoben Hass täglich selbst miterlebte, kein Anhänger der Unidad Popular sein wollte, war vor diesem Hintergrund kein isolierter Fall. In der Tat gab es nach Pinochets Putsch laut Contardo zahlreiche Homosexuelle, die sich, ohne sich jemals zu outen, auf die Seite des Militärs stellten.

Ein groteskes Missverständnis: Mehrere hundert Fälle von Transvestiten sind dokumentiert, die gleich in den ersten Tagen nach Ausbruch der Diktatur vom Militär bei Razzien an einschlägigen Treffpunkten aufgegriffen, misshandelt, verschleppt und ermordet wurden. Menschenrechtsverletzungen gegen LGBTQ-Personen durchziehen die gesamten ersten Jahre der Diktatur. Bis heute wurde lediglich ein einziger homophober Mord der Diktatur – ein Fall aus dem Jahr 1975 – vor Gericht gebracht.

Dreißig Jahre Einsamkeit

Mario Cruz musste seinen abgewiesenen Flirt mit den faschistischen Militärs teuer bezahlen. Die Episode war das jähe Ende seiner gerade erst beginnenden Karriere als Schriftsteller. Von den Militärs war er offiziell verstoßen worden. Doch auch die linken Künstler und Intellektuellen hatten den Fall mitbekommen und behandelten den Kollaborateur Cruz wie einen Aussätzigen. Viele von ihnen flohen bald darauf ins Exil. Auch dort hätte er kaum Anschluss gefunden. Von nun an war er vollständig isoliert. An seiner Seite blieb lediglich Miguel Ortiz. Gemeinsam gründeten sie daraufhin mit dem Mut der Verzweiflung und viel Liebe zur Kunst die Truppe «Die Grillen» und zogen, weil die Hauptstadt aus bekanntem Grund verbrannte Erde war, durch die Provinz. Bis sie auch dieses Unternehmen mangels Auftrittsmöglichkeiten einstellten. Das Paar blieb aber weiter zusammen. Bis zum heutigen Tage. Eine Liebe, die seit einem halben Jahrhundert andauert, ohne dass Miguels Familie in all den Jahrzehnten die Natur ihrer Beziehung erfahren hätte. Mario zog sich in sein Holzhaus in La Cisterna zurück, das ihm eine verstorbene Tante vererbt hatte. Er hat es in den letzten dreißig Jahren nur für die nötigsten Erledigungen verlassen.

Auch als 1990 die Demokratie zurückkehrte und sich Freiräume für queere Kultur und Literatur öffneten, suchte Mario Cruz keinen neuen Anschluss. Bis heute hat er sich auch nie geoutet. Einsam arbeitet er an einer großen Vision: seine sämtlichen Theaterstücke frei von Selbstzensur so umzuschreiben, wie er sie eigentlich immer im Kopf hatte, dabei all die schwulen Hauptfiguren in Erscheinung treten zu lassen, die er im Text für die Bühne zu Frauen oder Hetero-Männern und Hetero-Paaren gemacht hatte, weil er für die Darstellung homosexueller Figuren oder gar Beziehungen unmöglich eine Bühne gefunden hätte. Es war ja so schon schwer genug. «Das könnt ihr nicht mehr verstehen», sagt Mario zu Alicia und Sebastián. «Ihr nicht, und schon gar nicht diese ganzen neuen Schriftsteller, die heute in Massen ‹queere Literatur› schreiben und diesen unerträglichen Lemebel anhimmeln. Ist doch alles keine Kunst. Heutzutage ist Schwulsein einfach.»

Der fast eine Generation jüngere Pedro Lemebel, der zum Zeitpunkt dieses ersten Gesprächs noch lebte, ist 2015 nach schwerer Krankheit gestorben. Heute hat er in Chile den Status eines Klassikers der Gegenwart errungen. Sein Roman *Träume aus Plüsch*, eine Liebesgeschichte zwischen einer ergrauenden marginalisierten «Tunte von der Front» und einem linken studentischen Guerrilero in den 80er Jahren, liegt aber auch weltweit, so auf Deutsch, in den renommiertesten Buchverlagen vor. Eine großangelegte Verfilmung ist soeben fertiggestellt worden. In der Hauptrolle: Alfredo Castro, Darsteller des El Potro in *Der Prinz*.

Mario Cruz schreibt derweilen weiter an den Neufassungen seiner Theaterstücke, an die sich außer ihm niemand mehr erinnert, und entwirft weiter Konzepte, sie zu filmischen Adaptionen umzuarbeiten. Manchmal scheint es, als wache er eifersüchtig über sie, damit kein anderer sie ihm wegnehmen kann. Als Sebastián und Alicia endlich nach vielen Jahren die Finanzierung von *Der Prinz* geschlossen und eine wichtige Filmförderung erhalten haben, droht er, die Filmrechte zu entziehen. Er sei übervorteilt worden. Um das Projekt nach jahrelangem Vorlauf nicht noch zu Fall zu bringen, einigt man sich außergerichtlich mit einer Abfindung. Der Regisseur bricht nach dieser für ihn sehr verletzenden Erfahrung den Kontakt ab.

Dennoch macht Muñoz einen befreundeten Theaterregisseur auf die Stücke aus der Universitätsbibliothek aufmerksam. Der liest sie, beschließt, sie aufzuführen und somit zum ersten Mal ein Werk von Mario Cruz außerhalb der Eigeninszenierung der «Grillen» einem Publikum zugänglich zu machen.

Im Herbst 2019, kurz nach der Weltpremiere des Films in

Venedig, meldet sich Mario Cruz noch einmal telefonisch bei Muñoz. Er habe den Trailer gesehen und sei neugierig auf den Film. Aber er müsse gleich vorab sagen: Der Film sei falsch besetzt. Alfredo Castro in der Rolle von El Potro sei ein glattes Fehlcasting. Einen erneuten Streit fürchtend, womöglich sogar mit rechtlichen Implikationen, bricht Sebastián den Kontakt erneut ab. Ob Mario Cruz den Film je gesehen hat, und was sein Eindruck ist, ist nicht bekannt.

Das Projekt der Theateraufführungen scheitert letztlich an den zähen Verhandlungen mit Mario Cruz, der die Bühnenrechte nicht freigeben will. So existieren die Inszenierungen weiter nur im Kopf des Autors, im Universum des Hauses von La Cisterna.

Bis zum heutigen Tag hat der Roman *Der Prinz* außerhalb der Heftchen von 1972 keine Publikation erfahren. Diese hier vorliegende deutsche Übersetzung ist die weltweit erste Veröffentlichung des Buches in einem Literaturverlag.

GLOSSAR

7 *Der Zigeuner* Im Original «El Gitano». Chile hat eine relativ große Roma-Community, die nomadische Traditionen fortführt und als Minderheit anerkannt ist. Sie geht auf eine Einwanderungswelle von Roma aus Serbien zu Beginn des 20. Jahrhunderts zurück. Der «Gitano»-Begriff war im Chile der 70er auch ein Klischee für «Exot».

11 *Pedro Araya* Pedro Damián Araya Toro, geb. 1942, der «chilenische Garrincha». In den Sechzigern und Siebzigern der Stürmerstar des CF Universidad de Chile.

11 *Juanito Soto* Juan Soto Mura, 1937–2014, mythischer Torschütze aus Santiago de Chile.

12 *Colo-Colo* Kurzform für Club Social y Deportivo Colo-Colo, legendärer Fußballverein aus Santiago und sportlich erfolgreichstes Team Chiles.

12 *Madonna del Carmen* Unsere Liebe Frau auf dem Berge Karmel, in Chile auch schlicht Carmelita genannt, ist seit der Unabhängigkeit des Landes dessen Schutzpatronin.

13 *Curicó* Provinzhauptstadt in Zentralchile, etwa 190 Kilometer südlich von Santiago gelegen.

15 *Carlos Gardel* 1890–1935. In Frankreich geborener Argentinier. Der berühmteste aller Tango-Sänger und auch

einer der großen Komponisten. Sehr viele Klassiker gehen auf ihn zurück. Sein Werk wurde von der UNESCO zum Weltkulturerbe erklärt.

15 *Sandro* Roberto Sánchez Ocampo, 1945 – 2010, oft Sandro de América, aber auch El Gitano / Der Zigeuner genannt. Der argentinische Elvis. Allerdings einer, der nur dessen schmalzige Seite kopierte, nicht die rockige.

15 *Raphael* Miguel Raphael Martos Sánchez, geb. 1943. Neben Julio Iglesias der zweifellos populärste spanische Schlagersänger, jedoch mit deutlich größerem Stimmumfang und sehr viel ausdrucksstärker als sein Rivale mit der samtenen Kehle. Erfreut sich in der gesamten spanischsprachigen Welt einer riesigen Fangemeinde.

15 *Adamo* Dem Italo-Belgier Salvatore Adamo (geb. 1943) gelang eine internationale Karriere. Auch in Deutschland ist er zumindest der älteren Generation noch bekannt.

15 *Leonardo Favio* Fouad Jorge Jury, 1938 – 2012. Argentinischer Filmregisseur, Drehbuchautor, Komponist und Sänger syrischen Ursprungs. Überzeugter Peronist und gegen Ende seines Lebens «argentinischer Kulturbotschafter».

20 *Panamericana* Schnellstraßensystem, das Alaska mit der Spitze Südamerikas verbindet und Chile von der Nordspitze des Landes bis auf Höhe von Santiago durchquert, wo es nach Argentinien abzweigt.

31 *«Titanes del Ring»* Chilenischer Abklatsch der argentinischen Wrestling-Fernsehshow «Titanes en el ring», die ab 1971 im chilenischen TV lief.

31 *Teatro Caupolicán* 1936 eröffnetes Theater in Santiago de Chile mit 4.500 Sitzplätzen, bzw. 5.400 Stehplätzen. Neben Konzerten und Opernaufführungen finden auch

Sportveranstaltungen statt. Pablo Neruda hielt hier 1945 seine berühmte Rede, in der er sich zum Mitglied der Kommunistischen Partei erklärte.

32 *Barba Roja* Argentinische Wrestling-Legende. Bürgerlicher Name Oscar Antoni Arismendi. War von 1960 bis 2001 in der Wrestling-Welt aktiv. Neben seinem bekanntesten Spitznamen Barba Roja (Rotbart) trat er auch als El Cazador (Der Jäger) und Rasputin auf.

44 *Drachen* Das Steigenlassen von Flugdrachen (volantín) ist in Chile eine Art Kampfsport, mit langer Tradition (Volantinismo). Man versucht, mit seiner mit Glasstaub geschärften Schnur die Schnüre der anderen Teilnehmer zu kappen. Es kann zu Verletzungen führen, sogar zu Todesfällen, wenn überambitionierte Kämpfer Draht statt Schnur benutzen und sich dieser Draht in Stromleitungen verfängt.

49 *Cumbia* Traditionelle Musikrichtung aus Kolumbien, zu der eine spezielle Form des Paartanzes gehört. Ab den 1960ern wurde in Chile eine eigene Form der Cumbia populär, die das Original mit volkstümlichen Sounds und Elementen der chilenischen Tanzmusik verquickte und bis heute weiterentwickelt wird.

50 *Sanguches* Umgangssprachlicher Ausdruck für Sandwiches, die oft in Sangucherías (Imbissläden, die Snacks und alkoholfreie Getränke anbieten) verkauft werden. In Santiago sind «Sanguches de arrollado» (Rouladen-Sandwiches) beliebt.

53 *Che Pibe* Argentinismus für «Hey, Mann». In diesem Fall Spitzname für einen Chilenen, der sich als Möchtegern-Argentinier aufspielt.

54 *Obelisk von Buenos Aires* Eines der Wahrzeichen von Buenos Aires. Das 67 Meter hohe Denkmal wurde 1936 zum 400. Stadtjubiläum vom argentinischen Architekten Alberto Prebisch errichtet.

57 *Ñuñoa/La Cisterna* Zwei der 32 Kommunen (comunas), aus denen sich die Provinz Santiago zusammensetzt. La Cisterna ist seit den 70ern Wohnort von «Der Prinz»-Autor Mario Cruz.

58 *El Musiquero* Chilenisches Musikmagazin, das von 1964 bis 1976 in Chilé herausgegeben wurde und das mit 269 Ausgaben eines der langlebigsten Magazine seiner Art im Land war. Behandelt wurden alle Musikstile von Folklore bis Pop.

62 *«Compases al amanecer»* Radiosendung die Chiles Hörfunk-Legende Julio Tapia (1915 – 1983) ab Ende der 1930er moderierte. Sie lief von Mitternacht bis sechs Uhr morgens. Der Titel heißt sinngemäß übersetzt «Rhythmen im Morgengrauen».

66 *Cerro Cordillera* Einer der 42 Hügel der Stadt Valparaiso; das dort befindliche historische Viertel hat seit 2003 Weltkulturerbe-Status.

70 *Ritmo* Musikzeitschrift, die von 1965 bis 1975 wöchentlich erschien und Kultstatus bei der chilenischen Jugend erlangte. Neben Charts, Reportagen und Mode-Tipps enthielt des Magazin auch Lektionen für Gitarrenakkorde

70 *«Wenn du wüsstest…»* Zitat aus der letzten Strophe eines Textes zu Gerardo Hernan Matos Rodríguez' Tango-Meisterwerk «La Cumparsita», das 1924 durch Carlos Gardel (siehe Seite 121) weltberühmt wurde. Originaltext: «Si supieras que aún dentro de mi alma / Conservo aquel cariño / Que tuve para ti! / Quién sabe, si supieras…»

71 *«Ein kurzer Sommer» (Una breve stagione)* Italienischer Spielfilm von 1969. Regisseur: Renato Castellani. Mit Christopher Jones und Pia Degermark. Musik von Ennio Morricone.

71 *«Sonne meines Lebens...»* Zitat aus dem Carlos-Gardel-Schlager «Confesión». Originaltext: «Sol de mi vida... fui un fracasao».

71 *Coquimbo* Chilenische Hafenstadt, etwa 400 Kilometer nördlich von Santiago gelegen. Bekannt für einen zehn Kilometer langen Sandstrand, der die Stadt mit dem Nachbarort La Serena verbindet.

71 *18. September* Offizieller Beginn von Chiles «Fiestas Patrias» (Nationalfeiertage), die je nach Kalender bis zu einer Woche dauern. Der «Dieciocho» (Achtzehnte) geht auf den Beginn des chilenischen Unabhängigkeitskriegs am 18. September 1810 zurück.

72 *«Banges Begehren...»* Zitat aus José Enrique Sarabias Walzer «Ansiedad», der 1959 durch eine Version von Nat King Cole zum Welthit wurde und 1990 durch Victor Lazlo ein Revival erlebte. Originaltext: «Ansiedad / de tenerte en mis brazos / musitando palabras de amor...» / «Ansiedad / de tener tus encantos / y en la boca / volverte a besar...»

76 *Lucho Barrios* Luis Barrios Rojas, 1935–2010, auch bekannt als Mr. Marabú. Aufgrund seiner oft etwas weinerlichen Singweise sehr erfolgreicher peruanischer Bolero-Interpret. In Chile fast noch beliebter als in seiner Heimat.

77 *Sopaipilla* Südamerikanische Teigspezialität auf Basis von Kürbis. Vor allem in Chile, Argentinien und Bolivien üblich. Es gibt süße und herzhafte Varianten.

78 *Bodega* Ursprünglich Kellergewölbe zur Lagerung von Weinfässern und Lebensmitteln, heutzutage international als Synonym für Weinlokale gebräuchlich.

84 *José Joaquín Aguirre* Chilenischer Arzt, Politiker und Aufklärer, 1822–1901. Er ist Namensgeber der Uniklinik von Santiago, für deren Standort er das Bauland stiftete, weshalb das Krankenhaus oft nur «José Joaquín Aguirre» genannt wird.